Un posible cuento esotérico

Un posible cuento esotérico
Michael Sousa

© Michael Sousa
Un posible cuento esotérico

"Todos los derechos reservados. Salvo disposición legal en contrario, no se permite la reproducción total o parcial de esta obra, ni su incorporación a un sistema informático, ni su transmisión en cualquier forma o por cualquier medio (electrónico, mecánico, fotocopia, grabación u otros) sin la autorización previa y por escrito de los titulares de los derechos de autor. La violación de tales derechos conlleva sanciones legales y puede constituir un delito contra la propiedad intelectual".

"Eritis sicut Dii, scientes Bonum et Malum" – *La Serpiente*

Resumen

1. Prólogo: Bajo el calor de las estrellas muertas............ 06
2. Capítulo 1: Melancolía I.. 11
3. Capítulo 2: La mujer de rojo.. 26
4. Capítulo 3: El librero... 38
5. Capítulo 4: ¡El puente de la muerte................................. 51
6. Capítulo 5: Michalská Brána... 59
7. Capítulo 6: La Tarta de Queso...69
8. Capítulo 7: ¡El ahorcado... 49
9. Capítulo 8: ¿La Luna... 86
10. Capítulo 9: La ciudad de las siete colinas 99
11. Capítulo 10: Raíces... 119
12. Epílogo: Finis gloriae mundi.. 136

Prólogo
Bajo el calor de las estrellas muertas
Prima Clavis.

No creo tener buenos recuerdos de la infancia. Cuando me di cuenta de esto, durante el proceso psicoanalítico, recuerdo que me invadió una profunda tristeza.

Era un niño curioso, siempre buscando entender el mundo que me rodeaba. Tengo un recuerdo peculiar de cuando, a la edad de 6 o 7 años, traté de desentrañar el misterio del tiempo. Me pregunté cómo el reloj de pulsera de mi padre siempre mostraba unos minutos más que el de la pared de la cocina. "¿Está su reloj en el futuro?", pensó. Pasaron días antes de que alguien me explicara que los relojes se podían "ajustar", pero esto solo alimentó mi intriga.

Otro recuerdo me lleva a una clase de ciencias, cuando tenía 10 u 11 años. En medio del ruido ensordecedor de una sala abarrotada, la maestra dijo que el fuego necesita oxígeno para existir. Por lo tanto, pregunté: "¿Entonces el Sol está rodeado de oxígeno, ya que quema?" Su respuesta fue vaga; Solo insistió en que no hay oxígeno en el espacio. Tal vez la astrofísica era un conocimiento demasiado lejano para la realidad de una escuela pública en los confines de la ciudad de São Paulo. Meses después, con la ayuda del acceso a Internet, entendí por mi cuenta el proceso de fusión nuclear del Sol.

No sé de dónde vino esta curiosidad. Parece ser algo intrínseco, algo que no vino de mis padres. No tenían educación, ni curiosidad. Vivían de traumas, errores y adicciones. Y la adicción que más marcó mi vida y la de mis hermanos fue el alcoholismo.

Mi padre, aunque alcohólico, era casi una sombra. Silencioso y tímido, solo encontraba valor en la borrachera, y luego se desahogara sobre sus frustraciones, la relación problemática con mi madre o los traumas de su propia infancia. Hasta que un día, en mi adolescencia, sucumbió a la psicosis.

Mi madre, en cambio, siempre supo expresarse, estuviera sobria o no. Y era buena en eso, especialmente en lastimar con palabras. Si tuviera que describirla, como una niña, sería como "una mujer enojada".

Su ira parecía incontrolable. Recuerdo una vez, cuando tenía unos 5 años, cuando me dieron un puñetazo mientras bebía agua. ¿La razón? No le gustaba cómo estaban mis labios en el vaso.

Pero crecer en este ambiente no fue del todo inútil. Una madre como la mía nunca criaría hijos débiles, y un padre como el mío serviría como un claro ejemplo de lo que nunca debería ser.

Recuerdo una vez que peleé en la escuela y mi madre fue a recogerme. Para mi sorpresa, me dijo: "Miguel, cada vez que pelees en la escuela, te voy a pegar. Si pierdes la pelea, te venceré dos veces más".

Donde yo salí, de hecho, no había lugar para el fracaso. Yo no era nadie, y no había otro camino que lograr algo, porque empeorar parecía imposible. O, al menos, eso es lo que yo pensaba; hasta que me di cuenta, en la adolescencia, de que muchos de los lugares de donde yo venía, en las mismas condiciones que yo, encontraban un futuro mucho peor.

Pero sentí que no era para mí. Quería más. No sabía cuánto más. Tal vez este fue mi pecado original.

Cuando era adolescente, me di cuenta de que tenía una aptitud natural para las matemáticas. Esto me diferenció de los demás y, quién sabe, podría ser mi oportunidad para el futuro.

Con un poco de esfuerzo, conseguí una beca para ir a la universidad por las noches, mientras trabajaba durante el día para pagar el alquiler, ya que mi padre, en uno de sus episodios psicóticos, me echó de la casa.

Con más dedicación, becas y algo de dinero ahorrado, hice estudios de posgrado y me mudé a otra ciudad, cerca de donde vivían mi hermano mayor y sus hijos.

Mi vida se ha estabilizado. Había construido una carrera sólida y relativamente bien pagada. Tenía a mis sobrinos cerca, practicaba Aikido, tenía una novia que me amaba y a la que yo también amaba.
Pero a pesar de esta estabilidad, faltaba algo. La curiosidad que siempre me ha acompañado no se limitó a cuestiones de Astrofísica o del Tiempo. Desde que era un niño, me han perseguido las preguntas existenciales, esas que

persiguen a la humanidad per se: "¿De dónde venimos?", "¿A dónde vamos?", "¿Existe Dios?".

Estas preguntas nunca fueron una prioridad en una infancia difícil, pero siempre estuvieron ahí, latentes. Y nunca he aceptado respuestas simplistas o religiosas sin un examen crítico.

Mientras estudiaba negocios y estadística, también me dediqué al estudio de las religiones antiguas y el ocultismo. El método científico siempre había sido mi base, y estaba decidido a aplicarlo a las ciencias ocultas. Quería respuestas que justificaran mi origen, mi dolor, la naturaleza oculta de la realidad y lo que existiera antes de la vida y después de la muerte.

Mi búsqueda me llevó a unirme a sociedades esotéricas, algunas con influencia política, otras con siglos de tradición hermética. Conquisté grados dentro de estas órdenes, aprendí secretos y rituales, pero, en el fondo, todavía me sentía como Fausto: una persona ignorante, no más cerca de comprender el universo.

En este momento de *excesiva estabilidad*, la melancolía se apoderó de mí. La muerte de un amigo cercano de una de estas órdenes me devastó, y mi hermano menor, que había vivido conmigo recientemente, se había mudado a otra ciudad. El conocimiento que acumulé me pareció insuficiente. Todo seguía siendo mitología, manifestaciones de arquetipos. Dioses viejos y muertos, que no eran más que reflejos del inconsciente.

Mi relación comenzó a desmoronarse bajo el peso de este vacío. Mi trabajo, una vez plagado de desafíos, se ha vuelto monótono y aburrido. Esperaba que en cualquier momento apareciera Mefistófeles ofreciendo *el verdadero conocimiento* a cambio de mi alma.

Me di cuenta de que, en el fondo, seguía siendo ese chico delgado, lleno de dudas y pocas certezas. Sentí este calor interno, casi saliendo, pero nunca fue suficiente para calentarme. Un calor frágil, como el de una estrella moribunda, agonizante al final de su propia existencia.

Necesitaba hacer algo al respecto. Fue la fuerza de esta sensación, de que la estrella dentro de mí, que iluminaba mi vida y todo lo que me rodeaba, se estaba muriendo, y que necesitaba urgentemente actuar, tomar alguna decisión drástica, lo que inició mi Magnum Opus, el camino hacia la Piedra Filosofal de los antiguos alquimistas, el viaje de la individuación junguiana, el vitriolo secreto. Por ahora, solo era una *persona estúpida* que vagaba completamente perdida por los Pardes.

Y sabía que este viaje traería algo de caos. Pero, al menos, sería un caos con algo de orden.

Capítulo 1
Melancolía I
II. Clavis.

Necesitaba una dirección, algo que me dijera qué hacer. Y, para alegría de los psicoanalistas, y de Raúl Seixas, esta "guía" llegó a través de un sueño.

Cuando era niño, el mismo sueño me visitó varias veces. Caminé por un lugar verde, lleno de flores exóticas, hasta que llegué a un pozo con una escalera de caracol que parecía descender sin fin. Siempre era en este punto cuando me despertaba. Me tomó años descubrir que este lugar no era solo un producto de mi imaginación; realmente existía, escondido entre las colinas de Sintra, Portugal.

Meses antes de la mudanza de mi hermano, el sueño regresó, trayendo consigo una inquietud que no me dejaba en paz. Mi mente podría crear infinidad de teorías para tratar de explicar la repetición de ese lugar en mi inconsciente, un lugar envuelto en misterios y símbolos antiguos, vinculado a los Caballeros Templarios y a los Rosacruces. Cada detalle de la Quinta da Regaleira parecía haber sido erigido para hacerse eco de estos secretos.

Pero ninguna de estas teorías me dio una respuesta racional o satisfactoria. A pesar de que simpatizo con los conceptos de la reencarnación, siempre he sido demasiado escéptico para entregarme completamente a cualquier creencia religiosa.

La decisión de abandonarlo todo no debería haber sido fácil, pero lo fue. No sé si fue solo por este sueño, o por algo que todavía no entendía.

Decir adiós a las personas que amo fue doloroso, por supuesto. De la mujer que amé, de mis hermanos, de mis sobrinos. La sombra de la duda de que tal vez nunca los volvería a ver pesaba sobre mí.

Después de organizar mis finanzas, renunciar y despedirme, compré mi boleto a Lisboa. Estaba listo para seguir el camino que mis sueños me indicaban, incluso sin saber dónde terminaría.

Lisboa es una ciudad donde lo antiguo y lo moderno bailan en perfecta sincronía, sus colinas están cubiertas de estrechas calles empedradas que serpentean como venas históricas, conectando almas e historias a través de los siglos. A primera vista, Lisboa es un mosaico de colores: fachadas de azulejos azules y blancos que brillan al sol (posiblemente la luz solar más hermosa que existe), balcones de hierro forjado adornados con flores y el cielo azul profundo que parece fundirse con el Tajo, el río que lo abraza con encanto y serenidad.

Al caminar por las calles, el sonido del fado, melancólico y hermoso, se escapa por las puertas de las viejas tabernas, impregnando el aire con "saudade", esa palabra intraducible que encapsula toda el alma de los hablantes de portugués.

En cada esquina, la ciudad revela una nueva sorpresa: una vista impresionante desde un mirador escondido, donde las casas se extienden como una alfombra a las aguas brillantes; una plaza tranquila con una fuente tallada, donde el tiempo parece ralentizarse; o una catedral gótica, cuyas torres parecen tocar el cielo.

En el corazón de Lisboa, se encuentra el Castillo de São Jorge, que domina la ciudad desde lo alto de su colina, sus antiguas murallas guardan secretos de las invasiones árabes y glorias pasadas. A partir de ahí, se despliega el panorama de la ciudad, con el río serpenteando hacia el Atlántico y los barrios de Alfama y Mouraria extendiéndose a sus pies, laberintos vivos de callejones donde las ropas de colores se mecen al viento en los balcones.

Los teleféricos amarillos, íconos de la ciudad, crujen a través de las empinadas colinas, conectando los vecindarios como una línea de tiempo viviente. Atraviesan lugares como Baixa Pombalina, con sus calles anchas y edificios geométricos reconstruidos después del terremoto de 1755, hasta Chiado, donde los cafés literarios y las librerías respiran el legado de Fernando Pessoa y otros poetas que alguna vez recorrieron esas calles.

A cada paso, Lisboa cuenta una historia de audaces navegaciones, conquistas y descubrimientos, reflejados en la grandeza de la Torre de Belém y el Monasterio de los Jerónimos, cuyas piedras parecen haber sido esculpidas por las mismas olas que trajeron de vuelta a casa el espíritu aventurero de los navegantes.

Pero Lisboa no vive solo en el pasado. La modernidad palpita en el Parque das Nações, donde los edificios contemporáneos se alzan a orillas del Tajo, y la vibrante cultura de la ciudad se celebra en cada museo, galería de arte y evento cultural, donde lo tradicional y lo vanguardista se encuentran. Por la noche, la ciudad resplandece con una luz suave, sus callejones y plazas están iluminados por viejos faroles que proyectan sombras misteriosas sobre los muros de piedra.

Lisboa es un lugar de encuentros, entre el mar y la tierra, entre el pasado y el presente, entre el sueño y la realidad. Es una invitación a la contemplación, a una inmersión profunda en los recuerdos que guardan sus calles, y al mismo tiempo, un soplo de inspiración para aquellos que buscan algo nuevo, algo mágico, algo que solo una ciudad como Lisboa puede ofrecer.

Y fue en este entorno tan especial donde me encontré a mí misma.
Me quedé en Lisboa unos días, paseando encantado por sus callejones y callejuelas, apreciando la diferencia de luz en esta ciudad, que en mi teoría personal era lo que hacía a Lisboa tan única.
Pero el momento de seguir mi camino estaba decidido. Sintra está muy cerca de Lisboa, y debería tomar el tren e ir allí y, literalmente, encontrar el lugar de mis sueños.

Y encontré más que eso.

Sintra es una ciudad que parece haber salido de los sueños más antiguos y místicos, un remanso de niebla y magia enclavado en las verdes colinas de las montañas. Sus sinuosas y estrechas calles suben y bajan entre frondosos palacios, castillos encantados y hermosos jardines, como guiados por una mano invisible que invita al visitante a perderse y, al mismo tiempo, a encontrar algo profundo y secreto.

Tan pronto como llegas, el aire es diferente: fresco y ligeramente húmedo, con el aroma de los árboles centenarios y el susurro de las brisas que pasan a través de los altos pinos. Sintra está envuelta en un manto de misterio, donde la naturaleza y la arquitectura se entrelazan en una danza armoniosa, creando paisajes que parecen capturar la esencia de lo sublime.

En el corazón de esta atmósfera encantada, se encuentra el Palacio Nacional de Sintra, con sus blancas torres cónicas que dominan el paisaje como centinelas de épocas pasadas. Su fachada elegante y simétrica custodia salones adornados con azulejos y techos pintados, vestigios de una época en la que reyes y reinas paseaban por sus pasillos.

Pero es subiendo más alto, en las laderas de las montañas, que se revela la verdadera fascinación de Sintra. El Palacio da Pena, con sus colores vibrantes y su arquitectura casi surrealista, parece una joya tallada en las cimas de las colinas, flotando entre las nubes. Sus torres y muros coloreados en tonos amarillos, rojos y azules son un festín para la vista, reflejando el espíritu romántico que impregna toda la ciudad. Desde lo alto de sus balcones, la vista se extiende hasta el Océano Atlántico, vasto e infinito, como si la tierra misma estuviera suspendida entre el cielo y el mar.

Alrededor de Sintra, la naturaleza es salvaje y al mismo tiempo cultivada, como en los jardines encantados de la

Quinta da Regaleira, donde cuevas y fuentes parecen esconder seres místicos.

Cada rincón de la ciudad es un recordatorio de una época en la que los mundos espiritual y natural caminaban uno al lado del otro. Los parques y bosques, con sus árboles nudosos y musgos que brillan con la luz suave, albergan senderos secretos que conducen a lugares olvidados donde reina el silencio y el espíritu puede vagar libremente.

El castillo árabe, con sus murallas que serpentean a través de las crestas de la montaña, parece hacerse eco de historias de antiguas batallas y conquistas. Desde sus ruinas, la ciudad se revela a continuación, un tapiz verde salpicado de palacios, iglesias y pueblos. Sintra es un lugar de sueños, pero también de historia, un lugar donde las leyendas se entretejen en cada piedra, y donde el presente se funde con el pasado en una niebla llena de sensaciones y misticismos.

A medida que el sol comienza a ponerse, la niebla desciende suavemente sobre las colinas y la ciudad se convierte en un reino casi onírico, donde el tiempo parece no existir. La luz dorada del atardecer baña los edificios, y las largas sombras que se proyectan por las calles parecen figuras míticas, guardianas de antiguos secretos.

Sintra es más que una ciudad; Es un portal a otra dimensión, donde la naturaleza, el arte y el espíritu humano convergen en un lugar que no se puede simplemente visitar, sino que debe sentirse, explorarse en cada detalle y, sobre todo, experimentarse como un regreso a las profundidades de un sueño olvidado pero siempre presente.

Al llegar a la Quinta da Regaleira, que se encuentra en el corazón de estos paisajes verdes, me quedé estupefacto. Este palacio neomanuelino y sus laberínticos jardines parecen sacados de un cuento mágico, donde cada piedra y cada planta susurra secretos de la antigüedad.

Al entrar por las puertas de la Quinta, te envuelves inmediatamente en una atmósfera peculiar. El palacio, con su fachada rica en detalles, presenta una fusión de estilos gótico, renacentista y manuelino, con torres, almenas y gárgolas que parecen vigilar de cerca a los visitantes. Las paredes están adornadas con arabescos tallados en la piedra, y el aire está perfumado por las flores de los jardines circundantes.

Los jardines son un verdadero laberinto de sorpresas y simbolismos esotéricos. Caminos sinuosos conducen al visitante a través de cuevas secretas, fuentes burbujeantes y escaleras que parecen descender hasta el centro mismo de la Tierra.

El relajante sonido del agua corriendo acompaña al visitante a cada paso, desde las cascadas ocultas hasta los lagos serenos que reflejan el cielo azul. Estatuas antiguas, escondidas entre árboles centenarios, miran en silencio a los transeúntes, mientras que pequeños puentes y pasarelas de piedra invitan a cruzar a mundos ocultos más allá de la exuberante vegetación.

A medida que avanza el día y la luz del sol comienza a suavizarse, bañándolo todo en tonos dorados, la Quinta da Regaleira parece vibrar con una energía mágica. El crepúsculo trae un nuevo aire de incertidumbre, ya que largas sombras se extienden a través de los caminos y el palacio se convierte en una silueta romántica contra el cielo teñido de rosa y naranja.

Entre las muchas sorpresas que esconden los jardines se encuentra la Capilla, con su delicada arquitectura y sus detalles que parecen desafiar las nociones tradicionales de espacio sagrado. Pequeña pero impresionante, refleja el misticismo que impregna toda la Quinta, con vitrales que proyectan colores suaves sobre el suelo de piedra, creando una atmósfera de quietud y contemplación. A su alrededor, estatuas de figuras míticas acechan entre la vegetación, guardianes de antiguos secretos, testigos silenciosos de rituales olvidados.

En cada rincón, hay una historia esperando a ser descubierta, un secreto enterrado en los símbolos masónicos y alquímicos que adornan la propiedad. La Quinta da Regaleira no es solo un lugar para visitar; Es un santuario de reflexión, búsqueda interior y conexión con lo misterioso. Parece invitar a cada visitante a explorar tanto el mundo que le rodea como las profundidades de su propia alma, haciendo de cada visita una experiencia profundamente personal e inolvidable.

El Pozo de Iniciación, ubicado en los profundos jardines de la Quinta, es más que una estructura arquitectónica: es un portal simbólico a un viaje espiritual y místico. Visto desde el exterior, podría confundirse con un pozo ordinario, pero al acercarse a su borde y mirar hacia abajo, el visitante se encuentra ante una espiral descendente que parece perderse en las profundidades de la tierra. La atmósfera allí está cargada de misterio, como si el aire mismo vibrara con historias antiguas.

El descenso por el Pozo Iniciático es una experiencia transformadora. La escalera de caracol, tallada en piedra y cuidadosamente desgastada, lleva al visitante a un mundo subterráneo donde la luz del sol se vuelve cada vez más lejana. Cada paso, como parte de un ritual antiguo, parece simbolizar una etapa del viaje interior, un viaje a lo desconocido, a las profundidades de la propia alma y del inconsciente. Las paredes de piedra, cubiertas de musgo y humedad, dan la sensación de que el tiempo realmente se ha detenido allí, que estamos más allá del mundo exterior, como si el pozo fuera una conexión con épocas pasadas, cuando lo oculto y lo espiritual dominaban la psique humana.

A lo largo del descenso, pequeñas aberturas en las paredes dejan entrar la luz, creando un juego de sombras y reflejos que aumentan la sensación de lo desconocido. Estos destellos de luz natural, filtrada a través de la vegetación que rodea el pozo, iluminan los escalones de una manera casi etérea, como si la luz estuviera guiando el camino, mientras que la creciente oscuridad invita a la reflexión.

El número de pasos no es aleatorio. Se dice que la estructura fue construida con un profundo simbolismo esotérico, representando los nueve círculos del infierno de Dante, o los niveles de purificación espiritual en las antiguas tradiciones iniciáticas. El recorrido por el pozo es tanto físico como metafísico, invitando al visitante a reflexionar sobre los misterios de la vida y la muerte, el ascenso y la caída, la luz y la oscuridad.

En el fondo del pozo, una rosa de los vientos está grabada en el suelo de piedra, rodeada por una cruz templaria, reforzando el simbolismo alquímico y espiritual que impregna la estructura. Allí, en el corazón de la tierra, el visitante se enfrenta a una quietud absoluta, a un silencio profundo que parece resonar en la propia mente. Es como si el pozo fuera un lugar de renacimiento, un descenso a la oscuridad y luego de vuelta a la luz, más sabio, más despierto, más consciente de los significados que rodean la existencia.

El Pozo Iniciático no tiene una única interpretación. Algunos lo ven como una alegoría de la muerte y el renacimiento espiritual, otros como un camino de iniciación en los secretos de la alquimia y las órdenes iniciáticas. Sin embargo, la experiencia es única para cada visitante. Al subir de nuevo la escalera de caracol, cada paso hacia la superficie parece llevar consigo una nueva percepción, una nueva comprensión de lo que significa recorrer el camino del autoconocimiento.

Cuando finalmente emerge de la oscuridad a la luz, el visitante ya no es el mismo. El Pozo Iniciático, con su profundidad física y simbólica, deja una huella indeleble en el alma, como si la tierra misma hubiera susurrado sus secretos más antiguos, revelando fragmentos de un conocimiento que supera el tiempo y el espacio. Es un lugar de transformación, un espacio donde lo espiritual y lo terrenal se encuentran, creando una experiencia inolvidable tanto para el cuerpo como para el espíritu.

Caminé por todo el lugar, sentí toda esta aura mística y vibraciones. Pero me pesaba: "¿qué es lo que busco aquí?"

Caminé por las hermosas cuevas, vi pasadizos secretos y tenía curiosidad por saber a dónde podían llevarme y qué podía estar oculto.

Pero no creía que en ninguna de esas cuevas pudiera haber una cámara con el Santo Grial.

Salí de la Quinta y caminé melancólico por la calle de la salida principal, hacia el centro de la ciudad. Me preguntaba si todo este movimiento no era solo una necesidad de vacaciones y se convertiría en solo unos pocos meses sabáticos, antes de volver a la vida ordinaria, tan estúpidos como antes.

Cuando me detuve frente al Biester. Había leído sobre este lugar en mi investigación sobre Sintra. El lugar, que está justo al lado de la Quinta da Regaleira, con posibles conexiones subterráneas entre una y otra, está incluso lleno de historias oscuras, incluso tiene una Cámara de Iniciación con túneles que pueden conectarse con la Quinta y otras cámaras que pueden estar olvidadas hace mucho tiempo. También tiene su gigantesco jardín, y el palacio en sí, es una de las cosas más bonitas de toda Europa.

El Palacio Biester, que se esconde casi en secreto en el camino a la Quinta, logra ser igual de sorprendente. Es una joya discreta, rodeada de bosques antiguos y circundantes. Su fachada, marcada por elementos neogóticos, parece emerger de la vegetación como una obra de arte esculpida por las propias ninfas. Con sus rasgos detallados y elegantes, lleva un aura de misterio, demostrando que guarda profundos secretos, susurrados por las paredes al viento que sopla suavemente entre los árboles centenarios.

Construido a finales del siglo XIX, el Palacio Biester fue concebido como un remanso de tranquilidad y contemplación, donde el alma puede perderse en sus múltiples matices arquitectónicos. El edificio, de tonos cálidos y ocres, cuenta con delicadas torres y ventanas ornamentadas, cada una con una vista especial de los exuberantes jardines que la rodean. Al acercarse, es imposible no fijarse en los detalles tallados en piedra y hierro, que recuerdan símbolos antiguos, mezclando lo sagrado y lo profano, lo histórico y lo esotérico.

Los jardines que rodean el palacio son como un laberinto encantado, donde los caminos sinuosos se pierden entre árboles de hojas densas y flores raras. Pequeños lagos y discretas fuentes emiten el relajante sonido del agua, invitando a la meditación y la soledad. Allí, entre la vegetación, hay cuevas ocultas y pasadizos secretos que evocan el mismo espíritu enigmático que se cierne sobre toda Sintra, creando una conexión invisible con la tierra y sus misticismos.

En el interior, el Biester Palace definitivamente no decepciona. Cada habitación es un viaje en el tiempo, adornada con exquisitos muebles y detalles artísticos que revelan la influencia de diversas corrientes culturales y estéticas. Delicados candelabros cuelgan del techo, difundiendo una luz suave que baila sobre las paredes revestidas de madera tallada y los finos tapices. Los amplios salones, llenos de ventanas, permiten que la luz natural entre con delicadeza, mezclando el exterior salvaje con la refinada elegancia del interior.

Al subir las escaleras de caracol, el visitante es conducido a un piso superior que ofrece majestuosas vistas de las colinas de Sintra y, en días claros, el vasto océano en la distancia.

Esta mezcla de interior y exterior, de belleza cultivada y naturaleza indómita, define el espíritu del Biester Palace, un lugar de contemplación y belleza, donde el tiempo parece replegarse sobre sí mismo, ofreciendo a los visitantes una experiencia de profunda serenidad, envuelta en esplendor.

El Palacio Biester es un rincón íntimo, una joya escondida entre las grandes maravillas de Sintra. Representa la fusión perfecta entre lo humano y lo natural, lo esotérico y lo romántico, siendo una invitación irresistible para aquellos que desean perderse en su atmósfera de quietud y encanto, donde cada detalle y cada sombra cuenta una historia.

Pero aún hay detalles más importantes en el Palacio. La Cámara Iniciática del Palacio Biester es un lugar de profundo simbolismo y misticismo, escondido dentro de este lugar único. Al entrar por sus puertas, el visitante se ve envuelto por una atmósfera de reverencia. La cámara, un espacio sagrado y reservado, fue diseñado para evocar una sensación de trascendencia y conexión con lo invisible, un lugar donde se realizaban rituales de transformación espiritual y descubrimiento interior.

La luz en la Cámara Iniciática es suave e indirecta, entrando a través de ventanas altas y coloridas vidrieras que proyectan patrones misteriosos en las paredes talladas.

El ambiente parece suspendido, donde cada detalle arquitectónico sugiere que no se trata solo de un espacio físico, sino también de un lugar de profunda meditación. Las paredes, adornadas con símbolos esotéricos y figuras místicas, parecen contar historias, historias que solo aquellos dispuestos a abrir sus mentes pueden comprender.

En el centro de la cámara, una plataforma circular está rodeada de pilares de piedra delicadamente tallados, que simbolizan la unión entre lo terrenal y lo espiritual. Este centro, tan simple como poderoso, es donde los iniciados se colocaban para rituales y meditaciones, como si el espacio mismo invitara a un profundo silencio e introspección. Cada piedra parece llevar el peso de siglos de conocimiento oculto, como si las voces de los esotéricos, místicos y buscadores espirituales resonaran a través de sus paredes.

Arriba, el techo de la Cámara Iniciática es una obra de arte en sí misma, un cielo simbólico representado por formas geométricas que hacen referencia a las estrellas, planetas y misterios del cosmos. La sensación es que, al colocarse en el centro de la cámara, el iniciado se encuentra en el corazón de un universo más grande, conectado a las fuerzas superiores que guían la evolución espiritual.

La luz que desciende del techo parece tocar suavemente a la persona en el centro, como si bañara el alma con una energía sagrada y reparadora.

Las columnas que rodean la cámara están ornamentadas con motivos que hacen referencia a órdenes antiguas, especialmente al rosacrucismo, reforzando la idea de que se trata de un espacio de revelación, de búsqueda de los secretos más profundos de la existencia. En el suelo, los patrones geométricos en blanco y negro, como un tablero de ajedrez, simbolizan la eterna dualidad de la vida: el bien y el mal, la luz y la oscuridad, el consciente y el inconsciente, elementos esenciales en el viaje iniciático.

El silencio dentro de la cámara es palpable, casi tangible, como si el entorno mismo estuviera protegido por un velo de misterio. A medida que te mueves dentro de él, el sonido de los pasos se amortigua, creando la impresión de que el espacio es más que solo físico: parece fluir entre lo visible y lo invisible, entre el presente y lo eterno. Es un lugar que invita a la contemplación silenciosa, donde el mundo ordinario pierde su relevancia y el foco se vuelve por completo hacia la interioridad.

Cuando salí de la Cámara Iniciática, me di cuenta de lo imposible que es sentirse como antes. El entorno, tan cargado de significado, parece haber dejado una marca invisible en el alma, como si la experiencia dentro de ese espacio sagrado hubiera despertado algo dormido.

La Cámara Iniciática del Palacio Biester es, por lo tanto, más que una habitación: es un portal a la transformación, un lugar donde el alma se alinea con el cosmos y el espíritu se eleva en busca de verdades eternas.

Sí, encontré lugares increíbles en Sintra y sobre sus secretos templarios. Pero "*¿qué esperaba encontrar?*".

Caminé melancólico hacia el tren a Lisboa. Después de todo, solo estaba de vacaciones.

Capítulo 2
La Mujer de Rojo
III. Clavis.

Por la noche, el Bairro Alto de Lisboa se transforma en un mundo aparte, vibrante y enérgico, donde las estrechas calles empedradas cobran nueva vida bajo la luz amarillenta de las viejas lámparas. Las fachadas de los edificios, adornadas con balcones de hierro y azulejos desgastados, parecen más vívidas bajo la oscuridad, revelando una belleza discreta y decadente, típica del encanto de Lisboa.

El aire es denso, cargado con el olor de la comida procedente de tabernas y restaurantes, y con la mezcla de perfumes y sonidos de risas y música que se derrama por las puertas abiertas de los bares.

El barrio, durante el día, parece tranquilo y casi somnoliento, pero al caer la noche, se despierta como guiado por una energía subterránea. Pequeños grupos de personas se reúnen en las esquinas, llenando las calles de voces e historias que se entrelazan en el aire, como si la ciudad misma estuviera de fiesta. El fado, esa canción melancólica y profunda, resuena en ciertos rincones, escapando por las puertas entreabiertas de las casas de fado que mantienen viva esta tradición, con músicos y cantantes que expresan el alma de Lisboa a través de cada nota.

A medida que avanza la noche, el Barrio Alto palpita con su propio ritmo. Los bares estrechos e íntimos comienzan a desbordarse, y las calles se convierten en extensiones de los propios establecimientos. La gente bebe vino, cervezas artesanales y cócteles, mientras se extiende por las aceras y escaleras, ocupando cada centímetro disponible. El sonido de las animadas conversaciones se mezcla con el ritmo electrizante de los DJs que pinchan en pequeños clubes, donde las luces de neón parpadean y el ambiente se satura de energía.

Al mismo tiempo, hay algo casi poético en el caos ordenado que se despliega allí. El contraste entre las calles centenarias, que han visto pasar a tantas generaciones, y la vibrante juventud que ahora ocupa cada rincón crea una atmósfera de fusión entre lo antiguo y lo nuevo. Es como si el Barrio Alto mantuviera la esencia de los tiempos pasados, pero al mismo tiempo se renovara cada noche, en un ciclo de vida constante.

Y aunque la fiesta es la protagonista, hay momentos de quietud escondidos en sus callejones. Al alejarse de las calles más concurridas, descubre rincones tranquilos, donde las sombras de los árboles se mecen suavemente bajo la luz de las farolas, y los sonidos lejanos de la noche se convierten en un murmullo en la distancia. Allí, en medio del ajetreo y el bullicio, es posible encontrar serenidad, como si el barrio quisiera ofrecer un descanso a aquellos que buscan un momento de silencio inesperado.

Bairro Alto es un caleidoscopio de experiencias, desde música vibrante hasta quietud inesperada, desde sonrisas y encuentros casuales hasta un sentido de pertenencia a algo más grande. Es el corazón palpitante de la vida nocturna de Lisboa, donde la ciudad muestra su rostro más vívido y donde el tiempo parece disolverse en un flujo continuo de alegría, música y celebración.

Me detuve en uno de esos bares que tenían el aire de un auténtico pub irlandés. Pedí un Old Fashioned. Al fin y al cabo, necesitaba empezar a disfrutar de mis vacaciones.

Cuando ya estaba terminando la bebida, una figura alta y delgada entró por la puerta. Tenía el pelo largo y castaño, y todo en ella me hacía pensar que era británica. A su lado, una amiga de pelo oscuro y rizado y cejas llamativas.

Nuestras miradas se cruzaron por un momento, y sentí esa rara chispa, esa descarga de atracción que solo se produce unas pocas veces en la vida.

Un calor repentino recorrió mi cuerpo, mi corazón se aceleró brevemente y un ligero pulso de adrenalina me hizo mirar hacia otro lado. Me volví hacia el camarero y pedí otra bebida, tratando de parecer ajeno a lo que acababa de suceder.

Se sentaron en una mesa cercana y, con la música a un volumen moderado, escuché fragmentos de lo que estaban hablando. Parecía que estaban celebrando algo importante, tal vez una entrevista que uno de ellos había dado a una locutora estadounidense, mencionando el éxito de un libro que había publicado.

La mujer de rojo se levantó, se acercó al mostrador y se detuvo a mi lado para pedir dos cervezas. Mientras esperaba, se volvió hacia mí y, con una sonrisa maliciosa, me dijo en un inglés impecable, pero con un acento encantador, que no pude identificar:

—¿Siempre tienes ese aire melancólico y misterioso, o esta noche es especial?

Sentí que mi cara se calentaba. No esperaba que ella iniciara una conversación conmigo.

"Bueno... hoy es la noche de luna llena, creo que todo se intensifica, ¿no?" — respondí, tratando de mantener la calma mientras tomaba mi vaso.

Ella sonrió con un brillo en los ojos.

—Es la primera vez que viene a Lisboa, ¿no?

Asentí con la cabeza.

"¿Y qué es lo que buscas? Todos los que terminan aquí están buscando algo".

Estaba intrigado por la palabra "lo estábamos".

—El Santo Grial —respondí en tono desafiante—.

Se rió a carcajadas.

Su amiga, en la mesa, nos miraba con curiosidad.

—Creía que el Grial se había perdido en las brumas de la Edad Media europea —dijo ella, todavía con una sonrisa, pero había algo enigmático en su tono—.

Fue en ese momento cuando me di cuenta: ella no era europea.

— "Anota mi número. Cuando lo encuentres, llámame — me dijo, entregándome el teléfono para que pudiéramos intercambiar contactos.

Volvió a la mesa y terminé mi bebida. Decidí salir a caminar por las calles de Bairro Alto. Mientras caminaba, lo que ella había dicho resonó en mi mente: "perdido en la Edad Media". Había algo en esa frase, algo más profundo, que resonaba en mi cabeza como un acertijo.

Y Europa estaba llena de misterios antiguos, de alquimistas desaparecidos, de libros de ocultismo, de castillos con sus galerías secretas. Tal vez debería considerar algunos de los mitos que vi en estas órdenes secretas y seguir buscando algo, tal vez no solo en Portugal.

Días después, en uno de mis paseos por Alfama, pasé por delante del Museo del Teatro Romano de Lisboa, y decidí entrar.

Me di cuenta de que había una exposición de pinturas. Bueno, rara vez sentí esa sensación. Quizás solo cuando vi por primera vez la Fontana di Trevi, o el Rapto de Proserpina, en la Galería Borghese de Roma.

Las pinturas de Barahona Possollo son una celebración vibrante y profundamente simbólica de la tradición clásica del arte, pero con una sensibilidad contemporánea y matices oscuros. El artista portugués, conocido por su maestría técnica, crea obras que rescatan la grandeza de los viejos maestros —en mi opinión, es el Caravaggio portugués— pero con un aspecto moderno y a menudo enigmático.

Sus retratos y composiciones están impregnados de un aura casi mística, donde el uso dramático de la luz y la sombra, junto con la obsesiva atención al detalle, capturan la esencia y el alma de sus sujetos de una manera que va más allá de la mera representación física.

Possollo utiliza un realismo intensificado, donde cada detalle, desde la textura de la piel hasta la complejidad de los tejidos, está trabajado con una precisión casi fotográfica, pero que no se limita a la reproducción de la realidad. Sus figuras, a menudo colocadas en poses clásicas, parecen emerger de un espacio atemporal, suspendido entre el presente y una dimensión más profunda y simbólica.

Hay algo introspectivo y etéreo en sus retratos; Las expresiones de los personajes retratados parecen sugerir historias no contadas, secretos guardados detrás de miradas penetrantes y sutilmente cargadas de emoción.

Uno de los elementos más llamativos de sus obras es el uso dramático del claroscuro, una técnica heredada de los maestros barrocos, donde la luz se centra en los elementos más significativos de la composición, resaltando rostros, manos y objetos simbólicos, mientras que el resto de la escena se disuelve en sombras profundas y misteriosas.

Este contraste acentúa la intensidad emocional de las obras, creando una atmósfera de misterio, casi dantesca. A menudo, el espectador se ve obligado a contemplar no solo la belleza técnica de la pintura, sino también lo que sugiere más allá de lo visible, como si las figuras estuvieran envueltas en una narración silenciosa, algo que solo ellos y el artista comprenden completamente.

Los temas de Possollo a menudo se refieren a motivos clásicos y religioso-míticos, pero siempre con una interpretación personal y única. Sus representaciones de santos, por ejemplo, están lejos de ser meros iconos de devoción. En cambio, hay un cierto aire de vulnerabilidad y realidad que transforma a estas figuras en seres humanos complejos, llenos de conflictos internos.

También explora la naturaleza simbólica de los objetos (libros, reliquias, coronas) que añaden capas de significado a sus composiciones, sugiriendo narrativas ocultas y referencias a las tradiciones occidentales y esotéricas.

Possollo parece jugar con el tiempo en su arte, fusionando épocas y estilos. Su obra, aunque evoca el Renacimiento y el Barroco, tiene una calidad contemporánea que la hace relevante para el presente. Sus pinturas pueden ser vistas como un puente entre la gran tradición de la pintura europea y las preocupaciones y sensibilidades modernas, un diálogo entre el pasado y el presente que se despliega en cada lienzo.

El arte de Barahona Possollo está marcado por una belleza inquietante, donde el virtuosismo técnico encuentra una profundidad psicológica y simbólica. Cada cuadro es una ventana a un mundo cargado de significados ocultos, donde la luz y la sombra, la historia y el mito, el bien y el mal, lo mundano y lo espiritual, e incluso lo erótico y lo sagrado se entrelazan en un fascinante juego de significados y emociones.

El efecto que esas pinturas tuvieron en mí fue desgarrador. Todo ese simbolismo tan bellamente era casi trascendental.
Recordé mis estudios de alquimia cuando era adolescente, los grabados medievales llenos de símbolos ocultos y olvidados, que podían indicar conocimiento sagrado.

Si alguien podía expresar eso en su arte, todo era posible. Era posible que los alquimistas hubieran descubierto Azoth, la Piedra Filosofal. Era posible que existieran misterios aún no comprendidos por la gran mayoría de los hombres.

Y, enriqueciendo mis ojos con esos cuadros, recordé que no estaba tan lejos de la ciudad donde posiblemente estuvo uno de los alquimistas más intrigantes y enigmáticos de todos los tiempos, si es que aún vivía (más de 200 años).

Fulcanelli, una de las principales figuras de la alquimia moderna, si no la principal, rodeada de misterios y mitos que aún hoy inspiran curiosidad y especulación. Conocido principalmente por sus escritos alquímicos, especialmente las obras "El misterio de las catedrales" y "Las moradas filosóficas", Fulcanelli es una figura envuelta en sombras: su verdadera identidad sigue siendo un secreto cuidadosamente guardado, alimentando teorías y leyendas que van desde su posible inmortalidad hasta su participación en sociedades secretas.

El seudónimo por el que se conoció al alquimista nunca ha sido identificado con certeza. A lo largo de los años se han propuesto varias teorías, algunas que sugieren que fue un destacado científico o intelectual francés de la época, como Jules Violle, Eugène Canseliet (su presunto discípulo) o incluso el famoso físico Pierre Curie. Otros creen que podría tratarse de una figura aún mayor, que habría conseguido prolongar su propia vida a través del elixir de la inmortalidad, algo que buscaban muchos alquimistas.

La ausencia de registros claros sobre Fulcanelli y la naturaleza casi sobrenatural de su figura dieron lugar a la especulación de que había dominado los secretos más profundos de la alquimia: la transmutación de los metales, la piedra filosofal y, sobre todo, el poder sobre la muerte misma. Su supuesta capacidad para permanecer en el anonimato en un período de intensa actividad intelectual alimentó los rumores de que había alcanzado la inmortalidad.

Las dos obras principales de Fulcanelli son complejas y altamente simbólicas, centrándose en los secretos alquímicos ocultos en las estructuras góticas y la arquitectura antigua. No se limitó a discusiones teóricas sobre el proceso alquímico, sino que conectó el Gran Arcano con el arte y la arquitectura, viendo en las catedrales medievales, como la de Notre-Dame de París, verdaderos libros de piedra, donde se inscribirían los secretos de la alquimia.

"El Misterio de las Catedrales" explora la idea de que los arquitectos y constructores de las grandes catedrales góticas fueron iniciados en los misterios de la alquimia, y que los edificios mismos sirvieron como instrumentos de enseñanza espiritual y esotérica. Fulcanelli veía estas catedrales como representaciones físicas del conocimiento hermético, donde cada detalle, desde las esculturas hasta los símbolos aparentemente decorativos, ocultaba significados ocultos relacionados con el proceso alquímico.

"Las Moradas Filosóficas" continúa esta línea de pensamiento, analizando monumentos, construcciones y símbolos que, según él, incorporaban conocimientos alquímicos. Fulcanelli sugirió que estos monumentos servían como guías para aquellos capaces de interpretar sus secretos, llevándolos al descubrimiento de la Piedra Filosofal, que simboliza la transmutación espiritual y material.

El mito de Fulcanelli no se limita a su obra escrita. Se dice que desapareció misteriosamente después de la publicación de "Las moradas filosóficas", dejando a su discípulo Eugène Canseliet como guardián de sus secretos. Canseliet, en sus escritos, afirmó que Fulcanelli habría logrado llevar a cabo la gran obra alquímica, que, según la leyenda, le habría dado poder sobre la muerte.

Otro mito intrigante sobre Fulcanelli tiene que ver con la Segunda Guerra Mundial. Se rumorea que los científicos nazis buscaron a Fulcanelli para obtener el secreto de la transmutación de metales en oro o para utilizar sus conocimientos en la creación de un arma de destrucción masiva.

Sin embargo, Fulcanelli habría desaparecido, escapando a todos los intentos de contacto. Algunos informes incluso sugieren que Fulcanelli habría advertido a sus discípulos sobre los peligros de la energía nuclear antes de la detonación de las bombas atómicas.

Una de las historias más notables es la supuesta última aparición de Fulcanelli en Sevilla, donde supuestamente residía. Según Canseliet, habría conocido a su maestro décadas después de su desaparición, en 1954, en España. En esta ocasión, Fulcanelli habría sido notablemente más joven que cuando desapareció, alimentando la leyenda de que en realidad había descubierto el secreto de la inmortalidad.

Lo que hace de Fulcanelli una figura tan intrigante no es solo el misterio de su identidad, sino la profundidad filosófica y simbólica de su obra. Fulcanelli trasciende la alquimia puramente materialista —la transmutación del plomo en oro— y explora la alquimia espiritual, donde la verdadera transformación es la del propio alquimista.

Para Fulcanelli, las catedrales y los monumentos no eran solo obras arquitectónicas, sino símbolos profundos de la búsqueda de la iluminación espiritual y la comprensión de las leyes divinas del universo.

Su legado está envuelto en la oscuridad, y sigue siendo una de las figuras más discutidas y veneradas en el mundo esotérico, especialmente entre aquellos que ven la alquimia no solo como una ciencia física, sino también espiritual.

Fulcanelli, ya sea una persona real o una construcción simbólica, representa la eterna búsqueda de la sabiduría oculta, de la superación de los límites humanos y del poder de desentrañar los misterios más profundos de la existencia.

Y aparentemente, todavía estaba en esa búsqueda.

Capítulo 3
El Librero
IV. Clavis.

Había dejado mi esperanza de encontrar algún "Santo Grial" o "Piedra Filosofal" en las profundidades de la Cámara de Iniciación del Biester. Sin embargo, me dirigí a España.

Sevilla es una ciudad que palpita de vida, historia y pasión, donde el pasado y el presente se entrelazan en cada esquina. Situada a orillas del río Guadalquivir, la ciudad parece eternamente bañada por una luz dorada que resalta la belleza de sus plazas, iglesias y palacios.

El horizonte de Sevilla está dominado por la majestuosa Giralda, la torre que una vez fue el minarete de una mezquita y que hoy se erige como el símbolo de una ciudad marcada por siglos de culturas entrelazadas. La catedral, la iglesia gótica más grande del mundo, impone su imponente presencia en el corazón de la ciudad, con sus piedras que parecen contar historias de conquista, devoción y poder.

Las calles de Sevilla son un encantador laberinto de callejones estrechos y amplias avenidas, donde la vida cotidiana se desarrolla entre la sombra de los naranjos y los sonidos de animadas conversaciones. Las callejuelas del barrio de Santa Cruz, antigua judería, son un remanso de tranquilidad, con sus casas encaladas, balcones floridos y patios escondidos que invitan a tomar un descanso tranquilo. Mientras caminas, es fácil perderse en la belleza de los detalles: los azulejos de colores, las puertas de madera maciza, las fuentes que murmuran suavemente con el calor del mediodía.

El espíritu de Sevilla es vibrante, apasionado y profundamente arraigado en sus tradiciones. La ciudad vive el flamenco como si fuera una prolongación de su alma. En cada bar, en cada taberna, se siente el aplauso y se escucha el toque melancólico de la guitarra, acompañando voces que expresan el sentimiento visceral e intenso del cante jondo.

Sevilla respira flamenco, y este arte distintivo refleja el carácter mismo de la ciudad: intenso, apasionado y, al mismo tiempo, profundamente lírico.

Las plazas de Sevilla son el centro de la vida social, especialmente la icónica Plaza de España, con su majestuoso semicírculo que abraza un sereno canal. Allí, durante el día, las familias pasean, las parejas reman por las tranquilas aguas y los visitantes se pierden en la riqueza de los azulejos que representan las provincias de España. Al lado, el Parque de María Luisa ofrece un refugio verde y frondoso, donde fuentes, esculturas y senderos sinuosos llevan a los transeúntes a momentos de paz en medio del ajetreo y el bullicio de la ciudad.

Sevilla también es una fiesta para los sentidos. Sus tabernas y bares de tapas son lugares de encuentro y celebración, donde se sirven sabores únicos de la cocina andaluza en pequeñas porciones que invitan a compartir. Jamón ibérico, gazpacho fresco, pescaíto frito: cada plato es una expresión de la tierra, de los ingredientes locales y de la tradición que se transmite de generación en generación. Al atardecer, las mesas al aire libre se llenan de gente disfrutando de una copa de vino o una refrescante cerveza, mientras el olor de la comida y las risas de las conversaciones llenan el aire.

Sevilla es, ante todo, una ciudad de contrastes y armonía. La grandeza de sus monumentos, como el Alcázar —un palacio morisco que parece sacado de las "mil y una noches" con sus patios de mármol, jardines fragantes e intrincados mosaicos— se mezcla con la acogedora sencillez de las calles más humildes. Es una ciudad que honra su pasado árabe, judío y cristiano, cuyas culturas han dejado huellas profundas, visibles en cada fachada, en cada iglesia transformada en mezquita, en cada fiesta tradicional.

En el centro de todo está el sevillano: cálido, acogedor y orgulloso de su tierra. Sevilla tiene un ritmo propio, donde el tiempo parece ralentizarse, especialmente durante las tardes de siesta, cuando el sol es implacable y la ciudad se sumerge en un silencio perezoso. Pero al caer la noche, la ciudad se despierta con una energía vibrante, sus calles se llenan de vida, música y celebración. Sevilla es una ciudad que se vive intensamente, con todos los sentidos, un lugar donde el pasado está presente a cada paso, y donde el futuro se celebra con la misma pasión que ha guiado su alma durante siglos.

La Semana Santa en Sevilla, más precisamente la Semana Santa, es una celebración profundamente arraigada en el alma de la ciudad, donde la fe y la tradición se entrelazan en una atmósfera cargada de intensidad y reverencia. Durante esta semana, Sevilla se sumerge en un escenario oscuro y solemne, donde la mística religiosa se expresa de forma visual y emocional, envolviendo a sus habitantes y visitantes en una experiencia casi litúrgica. Es una época en la que la ciudad, normalmente viva y vibrante, adquiere un tono más oscuro, y las procesiones se apoderan de las calles con un peso casi ceremonial, cargadas de penitencia y devoción.

Al caer la noche, Sevilla cambia. Las estrechas y sinuosas calles del centro histórico, bañadas por la luz vacilante de las lámparas, se convierten en sombríos pasajes donde sombras de figuras encapuchadas, los nazarenos, se extienden sobre las fachadas de los edificios centenarios. Ataviados con sus largas túnicas y capuchas cónicas que cubren completamente sus rostros, los nazarenos caminan en filas silenciosas e ininterrumpidas, sosteniendo velas cuyas llamas parpadeantes parecen combatir la oscuridad que envuelve la ciudad. La imagen de estos penitentes, ocultos en sus túnicas, crea una atmósfera casi medieval, evocando rituales de purificación y sacrificio.

El silencio que domina las procesiones es agobiante. Los sonidos de la vida cotidiana parecen desvanecerse, y lo único que se escucha es el arrastrar de los pies de los nazarenos sobre las piedras antiguas y el redoble fúnebre de los tambores, marcando el ritmo lento y solemne. Las trompetas resuenan en las estrechas calles, sus sonidos agudos cortan el aire pesado, como una llamada lejana, casi macabra, que parece evocar algo más profundo y primario. Las calles están llenas de gente, pero el ambiente es de introspección y respeto. Cada rostro de la multitud refleja el peso de la tradición que se despliega ante sus ojos, una tradición que se remonta a siglos de historia y devoción.

Cuando aparecen los pasos, las enormes carrozas que llevan las imágenes de Cristo y la Virgen María, la atmósfera cambia. Las figuras de Cristo, a menudo esculpidas con expresiones de agonía y sufrimiento, recuerdan visceralmente el martirio y la muerte. Las escenas de la Pasión están representadas con una intensidad casi cruda, y el peso de la crucifixión es palpable en cada detalle de las carrozas, ricamente decoradas con oro, velas que se derriten lentamente y flores de color rojo sangre. El Cristo Crucificado avanza lentamente por las calles, llevado por los costaleros, cuyos cuerpos se retuercen bajo el peso aplastante del andar, invisible bajo el manto de flores y adornos.

El público, aplastado contra las paredes de las estrechas calles, observa en un silencio cargado de emoción. Las lágrimas fluyen discretamente de los ojos de muchos, mientras que el aire se llena de murmullos de oración y súplicas silenciosas.

El ambiente es de profundo luto y reflexión, no solo sobre el sufrimiento de Cristo, sino también sobre la propia mortalidad y los pecados que cada uno carga. El paso de Cristo crucificado parece recordar a todos la inevitabilidad de la muerte, el juicio y la penitencia.

Justo después de Cristo, viene la Virgen Dolorosa, la Madre de Dios envuelta en ropas negras y doradas, con el rostro marcado por el dolor insoportable de la pérdida de su hijo.

La expresión de desesperación en el rostro de la Virgen, esculpido con un realismo asombroso, es un golpe emocional para los espectadores. A cada paso que da le siguen miradas fijas de devoción, y cuando una cantante, escondida en uno de los balcones de las callejuelas, rompe el silencio esa melodía penetrante, un canto de dolor que reverbera por los callejones oscuros, intensificando el peso del momento.

Las velas que portan los nazarenos proyectan una luz tenue, iluminando parcialmente sus rostros ocultos, mientras que los pasos de las procesiones serpentean por callejones y plazas, siguiendo el mismo camino que durante siglos fue transitado por penitentes y fieles. Es una marcha que atraviesa el corazón de la ciudad, pero también parece cruzar el tiempo, como si las almas de los muertos y los vivos estuvieran allí, mezcladas en la oscuridad, observando el desarrollo de este ritual ancestral.

La noche más oscura de todas es el amanecer del Viernes Santo. La ciudad permanece en vigilia, con las procesiones más importantes que salen durante la noche profunda. El Cristo de la Hermandad del Gran Poder y la Virgen Macarena son conducidos por las calles en medio de un silencio casi sepulcral, sólo roto por los lamentos de las trompetas y el redoble grave de los tambores. Es como si el tiempo se detuviera y Sevilla fuera transportada a un umbral entre la vida y la muerte, entre lo sagrado y lo profano.

La Semana Santa en Sevilla no es solo un evento religioso, es una inmersión en algo primigenio y profundo. Es una mezcla de fe, luto y esperanza, donde la ciudad se cubre con un manto de oscuridad y contemplación, mientras que los rituales de penitencia y devoción envuelven el alma de todos los que presencian la solemne grandeza de estas procesiones.

Caminé a través de esa procesión de figuras fantasmales pero fascinantes cuando mis ojos se fijaron en una réplica de la Sábana Santa que pasaba. El zumbido a mi alrededor se convirtió en un eco lejano por un breve momento, mientras una curiosidad inesperada me envolvía, mezclada con un ligero miedo. Todo pareció ralentizarse y, durante unos segundos, me desconecté de la multitud que me rodeaba.

Entonces fui interrumpido por la presencia de un hombre mucho más bajo que yo. Era impecable en todos los sentidos: el pelo blanco como la nieve, que contrastaba con su piel increíblemente joven, casi sin tiempo. Su camisa era de un blanco inmaculado, e incluso sus zapatos brillaban como si nunca hubieran tocado el suelo. Toda esta perfección me causaba una extrañeza, como si él no perteneciera a ese escenario caótico.

Con voz clara y sin ningún acento que yo pudiera identificar, preguntó, en español, mientras señalaba la pieza que tenía delante:

—¿Sabes lo que es?

Despertado de mi ensoñación, respondí, en un español oxidado:

"Es la Sábana Santa, la representación del sudario que, dicen, cubrió el cuerpo de Jesús".

Levantó una ceja, como si esta información fuera nueva para él.

"Ah... ¡Qué interesante!", dijo, con una leve sonrisa enigmática, antes de darse la vuelta y continuar su camino.

Antes de que se volviera, algo llamó mi atención: colgada de su cuello, una cadena de oro con un colgante peculiar, el símbolo matemático de "más". La visión me desconcertó. ¿Cómo es posible que un español de esa época, en un país históricamente tan católico, no conozca la Sábana Santa? ¿Y qué significaba ese símbolo? Tenía curiosidad, pero seguí mi camino.

Al día siguiente, continuando mi recorrido por Sevilla, hasta que me quedé completamente asombrado donde acababa de llegar.

La Plaza de España es, sin duda, uno de los escenarios más grandiosos y encantadores de toda España, donde la historia, el arte y la arquitectura se unen en una perfecta armonía, quizás sin exagerar. Inaugurada en 1929 con motivo de la Exposición Iberoamericana, la plaza es una verdadera obra maestra de la arquitectura regionalista, que mezcla elementos renacentistas y moriscos con el estilo tradicional español, creando una atmósfera apoteótica que parece evocar siglos de cultura y tradición.

Al entrar en la plaza, la primera impresión es de inmensidad. El vasto semicírculo, abrazado por el monumental edificio que se curva elegantemente alrededor de la plaza, invita al visitante a sumergirse en un espacio de esplendor y opulencia. Las torres simétricas que flanquean los extremos de la estructura parecen vigilar el recinto como centinelas, ofreciendo una majestuosa perspectiva del cielo andaluz, que, al atardecer, se tiñe de oro, reflejándose en las tranquilas aguas de los canales que serpentean por la plaza.

En el corazón de la Plaza de España, una gran fuente emana sonidos relajantes de agua corriente, creando un ambiente de serenidad que contrasta con la grandeza de la arquitectura. El movimiento del agua, reflejando la luz del sol, añade una dimensión casi mística a la experiencia, como si cada gota llevara consigo fragmentos de la larga y rica historia de Sevilla. El efecto visual es impactante, especialmente cuando el cielo se ilumina con los tonos cálidos del atardecer, haciendo que la plaza brille como una joya dorada.

Los azulejos que adornan la Plaza son, sin duda, uno de sus elementos más fascinantes. Cada provincia de España está representada por paneles de azulejos pintados a mano que cuentan historias de sus regiones, creando un sentido de unidad y diversidad al mismo tiempo. Estos coloridos azulejos no solo embellecen el espacio, sino que también sirven como un tributo visual a la rica tradición artesanal del país. Caminar por la plaza y observar los detalles de cada panel es como caminar a través de un mapa cultural de España, con la vibrante arquitectura y el colorido arte que sirve de puente entre el pasado y el presente.

Además de su belleza arquitectónica y artística, hay una energía casi mística que se cierne sobre la Plaza de España. La simetría del espacio, las líneas curvas del edificio y el suave fluir del agua crean un equilibrio perfecto entre la naturaleza y el arte, haciendo referencia a la idea de que este lugar no es solo una construcción física, sino un espacio para la contemplación y la armonía espiritual.

Por la noche, la plaza se transforma. Una tenue iluminación baña las murallas y torres, resaltando su imponente elegancia contra el cielo estrellado. Hay algo casi místico en la quietud que se apodera del lugar cuando el flujo de turistas disminuye y la Plaza de España se transforma en un refugio de belleza y serenidad, donde el tiempo parece detenerse, permitiendo que los secretos y las antiguas historias de Sevilla resuenen en las piedras y los azulejos.

La Plaza de España es mucho más que una plaza; es una celebración visual y arquitectónica de la cultura y la historia de España, un símbolo de Sevilla y una de las joyas de Andalucía. Cada detalle, desde los coloridos azulejos hasta los imponentes arcos, es una invitación a perderse en su grandeza y sumergirse en las narrativas que cuenta sutilmente en cada rincón, en cada reflexión y en cada paso dado sobre sus piedras centenarias.

Caminé de vuelta al céntrico barrio de Sevilla y, entre un callejón y otro, vi: una librería esotérica.

Bueno, no podía permitirme perder la oportunidad, ¿verdad?
Entré en la librería con paso vacilante, como si buscara algo más que libros en las viejas estanterías de madera. El aroma del papel y el cuero envejecidos impregnaba el aire, aportando una extraña sensación de familiaridad. Detrás del mostrador, el librero —el mismo hombre de pelo canoso y pelo blanco que había conocido el día anterior,

frente a la Sábana Santa— leía en silencio, sin levantar la vista.

Con voz suave, pero con un toque de precisión, rompió el silencio:

"¿Estás buscando algo específico, o simplemente te has dejado guiar por el azar hasta aquí?", dijo, esta vez en un inglés impecable.

Yo, intrigado por el tono enigmático, respondí con un ligero desafío:

"Las casualidades no existen... solo la ilusión de la coincidencia".

Cerró el libro con cuidado, pero continuó sosteniéndolo, y luego me miró fijamente, sus ojos curiosos como si sondearan algo más allá de las palabras.

"Curioso... Ciertos secretos a menudo se esconden entre las páginas correctas. A veces, en lugares inverosímiles —hizo una pausa—, tenemos un buscador aquí, ¿no es así?

Había entrado por impulso, pero la extraña sensación de que esta conversación se estaba volviendo, como mínimo, bastante curiosa.

— "Estoy buscando respuestas... los que podían explicar la vida y el universo", confesé, en un tono que mezclaba poesía e ironía.

El librero sonrió, una sonrisa discreta, casi como si compartiera un secreto.

"Estas respuestas... Solo se encuentran después de cruzar el puente de la muerte".

El "Puente de la Muerte"... Ya había leído sobre ese curioso lugar y sus grabados antiguos, que está en Lucerna. Interpreté, tal vez erróneamente, que no se trataba de una mera metáfora.

Mientras intentaba procesarlo, mis ojos se posaron en el libro que sostenía.

— "Basilio Valentín... Un alquimista extraordinario, ¿no es así?

Por un breve momento, pareció desconcertado por mi frase, pero pronto se recompone.

"Sí, es una biografía que aún no se ha publicado".

—¿Y es interesante?

"Mucho. En este punto de la narración, está a punto de cruzar la Puerta de San Miguel en Bratislava", dijo rápidamente.
Luego, como si quisiera cambiar de tema, añadió:
—¿Y cómo te llamas, joven?

—Miguel —respondí, sintiendo la ironía en el aire—.

Sonrió, con un rastro de sarcasmo en su voz.

— "¿Coincidencia? ¿O es solo otra ilusión?"

El librero negó con la cabeza, como si todo fuera una coincidencia, y señaló los estantes llenos de viejos volúmenes.

– Ponte cómodo, Michael.

Sabía lo que tenía que hacer. Primero, cruza el Puente de la Muerte. Y luego, si logró sobrevivir a eso, enfrentarse a la Puerta de São Miguel.

Capítulo 4
El Puente de la Muerte
V. Clavis.

Zúrich, a primera vista, es una ciudad donde la modernidad se encuentra con el encanto histórico en perfecta armonía. Situada a orillas del lago de Zúrich, con los Alpes al fondo, la ciudad combina la eficiencia contemporánea con la belleza discreta, típica de las ciudades suizas. Conocida como el centro financiero de Suiza y una de las ciudades con mejor calidad de vida del mundo, Zúrich emana una sensación de orden, prosperidad y cultura refinada, pero también esconde una profundidad histórica y cultural que invita a explorar.

El Altstadt, el centro histórico de la ciudad, es una encantadora red de calles estrechas, bordeadas de edificios medievales y renacentistas. Pasear por sus callejuelas empedradas es como viajar en el tiempo, con cada rincón revelando una nueva fachada colorida, un antiguo abrevadero tallado o una acogedora plazoleta. Las torres de las iglesias se elevan sobre el horizonte, especialmente el impresionante dúo de torres Grossmünster, que domina el panorama de Zúrich con su imponente arquitectura románica y está vinculado a los orígenes de la Reforma protestante en la ciudad.

La ciudad es famosa por sus museos, como el Kunsthaus Zürich, que alberga una de las colecciones de arte más importantes de Europa, que abarca desde maestros clásicos hasta contemporáneos. Zúrich también es rica en espacios verdes, con parques bien cuidados y la tranquila belleza del lago, donde tanto los lugareños como los visitantes pasean a lo largo de la orilla del agua, disfrutando de la vista tranquila y el aire fresco. En verano, las orillas del lago se convierten en una escapada animada, con gente nadando, navegando o simplemente relajándose bajo el sol.

Además del aspecto financiero e histórico, Zúrich es también una ciudad vibrante e innovadora con una escena cultural dinámica. Los barrios modernos, como Zürich-West, están llenos de arte contemporáneo, bares y restaurantes que combinan la tradición suiza con influencias globales. Este barrio, que en su día fue una zona industrial, se ha convertido en un símbolo de renovación urbana, con almacenes convertidos en galerías, clubes y espacios de arte, mientras que los puentes de acero y las estructuras modernas contrastan con la arquitectura más tradicional de la ciudad.

Zúrich, con su ritmo suave, equilibra la eficiencia y la riqueza del mundo moderno con un profundo respeto por la historia y la naturaleza. Es una ciudad que se revela poco a poco, ofreciendo no solo lujo e innovación, sino también momentos de contemplación y una belleza silenciosa que conquista a quienes pasan por allí.

Pero tenía prisa por encontrar a la Muerte. Hice un breve recorrido por los principales distritos de Zúrich y me dirigí a la estación de tren para tomar el tren a Lucerna.

Lucerna es una ciudad envuelta en una exuberante belleza, situada a orillas del sereno lago de los Cuatro Cantones y rodeada por las montañas de los Alpes suizos, cuyos picos nevados se reflejan en las tranquilas aguas. A primera vista, Lucerna parece una ciudad sacada de un cuento de hadas, con sus impresionantes paisajes naturales y sus edificios históricos que parecen resistir el paso del tiempo. El centro histórico conserva un ambiente medieval, con calles empedradas y casas adornadas con coloridas fachadas y murales, que cuentan historias de una Suiza antigua y mística. Pero además de su belleza pastoril, Lucerna también tiene un lado oscuro, especialmente visible en su icónico Puente de la Capilla, el Puente de la Muerte, el Kapellbrücke.

El Kapellbrücke es el puente cubierto de madera más antiguo de Europa, y cruzarlo es como caminar por un corredor del pasado. El puente, que serpentea sobre el río Reuss con sus robustas vigas de madera, ofrece una vista encantadora de las aguas y las montañas en el fondo, pero lo que lo hace realmente único son los enigmáticos grabados triangulares que adornan su interior. Pintadas durante el siglo XVII, estas imágenes representan escenas de la historia de Lucerna, así como temas religiosos y, marcadamente, representaciones bastante sombrías de la muerte.

Al caminar bajo la cubierta del puente, las figuras de la Muerte aparecen en diversas formas, entrelazadas con escenas de la vida cotidiana y la devoción. La presencia de la Muerte en estas imágenes es inquietante, pero de una belleza siniestra, que recuerda a los transeúntes que es una compañera constante de la vida, siempre mirando desde la distancia. Los grabados muestran a la Muerte con su guadaña, bailando con nobles, sacerdotes y campesinos, un recordatorio del final inevitable que espera a todos, independientemente de su rango o riqueza. Estos detalles sombríos, situados en un entorno tan pintoresco, crean un contraste fascinante entre la tranquilidad exterior de Lucerna y la conciencia de la fugacidad de la vida.

Cada panel de madera pintada parece susurrar una antigua advertencia, un recordatorio de los tiempos de plaga y guerra que una vez asolaron Europa, y cómo la muerte fue una presencia constante y visible en la vida medieval. El puente, con sus aguas corriendo por debajo, ofrece una metáfora conmovedora: como el río, la vida fluye inevitablemente hacia su fin, y el curso no se puede cambiar.

Incluso envuelta en belleza y tranquilidad, Lucerna tiene esta veta más oscura, simbolizada por los grabados en el puente. Esta dualidad es lo que hace que la ciudad sea aún más fascinante: el equilibrio entre la belleza natural de los Alpes, el lago sereno y la presencia ineludible de la muerte, retratada de manera tan vívida e inquietante. Lucerna, con sus torres medievales y sus majestuosas montañas, es una ciudad donde el pasado y el presente, lo bello y lo oscuro, conviven en perfecta armonía.

Almorcé en uno de los hermosos restaurantes que estaban frente al río y, desde mi punto de vista, un puente tan majestuoso.
Mientras comía, me preguntaba qué esperaba encontrar cuando cruzara el puente.

Después de terminar mi comida, acompañado de una excelente cerveza sueca, caminé melancólico hacia el tren a Zúrich.

Aprovechando para conocer mejor las pequeñas y estrechas calles del centro histórico de Zúrich, me encontré con una galería que destacaba por su modernidad interna y la historicidad de los adornos externos del edificio en el que se encontraba, y decidí entrar.

El arte de Alphonse Mucha no solo es sinónimo de elegancia, fluidez y una exuberante celebración de la belleza natural, sino que se convirtió en uno de los iconos del movimiento Art Nouveau a finales del siglo XIX y principios del XX. Sus obras, de líneas onduladas, colores suaves y ornamentación detallada, capturan un ideal de feminidad, mezclando también lo divino y lo terrenal en composiciones que parecen trascender el tiempo.

Mucha ha creado un estilo único, marcado por ricos elementos decorativos y un lirismo visual que se manifiesta principalmente en sus carteles, vidrieras, ilustraciones y pinturas. Sus imágenes, de mujeres idealizadas envueltas en halos de luz y adornos, evocan una sensación de misticismo y espiritualidad, al mismo tiempo que sirven como símbolos de una nueva era industrial y artística.

Una de las características más reconocibles de su arte va más allá de la simple representación femenina, pero a menudo con rostros serenos y expresiones etéreas, rodeados de elementos naturales como flores, estrellas, hojas y enredaderas. Estas mujeres, que son el corazón palpitante de sus obras, parecen figuras mitológicas o musas, personificando conceptos abstractos como la naturaleza, la música y las estaciones. Al mismo tiempo, llevan una sensualidad sutil y pura, alejada de cualquier vulgaridad.

Mucha a menudo colocaba estas figuras femeninas en poses elegantes y envolvía sus cuerpos en cortinas que recordaban a las antiguas túnicas griegas, reforzando la sensación de atemporalidad. Estos detalles decorativos, como las coronas y formas circulares que a menudo rodean sus cabezas como halos, hacen referencia a una tradición casi religiosa, como si fueran santos paganos, o diosas de la modernidad. Cada línea y curva parece cuidadosamente pensada para expresar armonía y belleza, y es esta armonía visual la que hace que sus obras sean tan reconocibles y fascinantes al instante.

El trabajo de Mucha es conocido por sus líneas ondulantes y formas orgánicas que fluyen suavemente a través de las composiciones. Estas líneas serpentean a través de las imágenes como si fueran parte de la naturaleza misma, evocando la sensación de movimiento, incluso en las figuras más estáticas. Esta fluidez visual es fundamental en el estilo Art Nouveau, y Mucha fue uno de sus maestros indiscutibles.

La naturaleza también juega un papel crucial en su arte, pero siempre estilizado de forma decorativa y simbólica. Hojas de parra, flores frondosas, estrellas y formas circulares se integran en sus composiciones de forma casi abstracta, creando una fusión perfecta entre la figura humana y el mundo natural. Esta integración sugiere una visión holística del universo, donde los seres humanos y la naturaleza están intrínsecamente interconectados.

Los colores en las obras de Mucha son apagados, casi etéreos, con una paleta que a menudo incluye pasteles de azul, rosa, dorado y verde. Con estos colores, consiguió crear un ambiente delicado y a la vez lujoso, con un brillo que evocaba el oro y las piedras preciosas. Las tonalidades que utilizaba eran a menudo envolventes y dotaban a sus figuras de un aspecto luminoso, casi metafísico.

La ornamentación en su arte es otro de sus rasgos más llamativos. Cada parte de sus composiciones, desde el cabello de las mujeres hasta los patrones del fondo, está adornada con un meticuloso nivel de detalle, como si cada curva y línea hubiera sido pensada como una joya en un intrincado tapiz. Esta atención al detalle crea una sensación de opulencia, pero sin exagerar: hay un equilibrio entre lo ornamental y lo minimalista que da ligereza a sus composiciones.

Mucha es quizás más conocido por sus carteles teatrales y publicitarios, especialmente los creados para la actriz Sarah Bernhardt, que lo hicieron famoso a finales del siglo XIX. Eran obras de arte en sí mismas, convirtiendo la publicidad en una forma de arte respetable. A partir de ahí, trabajó en una gran variedad de proyectos, desde portadas de revistas hasta calendarios y empaques, siempre con su propio estilo distintivo.

Además de su trabajo comercial, Mucha se dedicó a obras más ambiciosas, como el Ciclo Eslavo, una serie monumental de 20 pinturas que narran la historia y el mito del pueblo eslavo. Estas obras grandiosas están marcadas por un sentido épico, mezclando el simbolismo con una narrativa histórica y espiritual.

A pesar de su éxito comercial, Mucha parecía creer que el arte debía servir a un propósito superior, conectando al ser humano con lo espiritual y lo universal. Veía sus creaciones como algo que debía elevar el alma, lejos de la pura materialidad del mundo moderno. En muchos sentidos, sus obras son una síntesis entre lo místico y lo ornamental, como si cada flor, línea o rostro de mujer contuviera un secreto oculto sobre el cosmos y el lugar del individuo dentro de él.

Alphonse Mucha, a través de su arte, ha sabido captar la esencia de una época de transición entre lo antiguo y lo moderno, celebrando la belleza y la naturaleza, pero siempre con una ligereza casi espiritual. Su legado no solo es visualmente encantador, sino profundamente simbólico, dejando una marca indeleble tanto en el mundo del arte, como en la cultura popular y en mí en ese momento.

El contacto con el arte estaba teniendo más efecto en mí que los puentes de la muerte y los supuestos alquimistas antiguos. Pero tenía que seguir mi camino, tal vez había más arte allí.

Capítulo 5
Michalská Brána
VI. Clavis.

Bratislava, la capital eslovaca, es una ciudad que parece tener un encanto peculiar a cada esquina de sus calles estrechas e históricas, con una atmósfera tan erudita como profundamente arraigada en su pasado medieval. Situada a orillas del río Danubio, Bratislava parece ser una ciudad que, a primera vista, se revela de forma modesta, pero a medida que exploras sus callejones sombríos y sus monumentos antiguos, se desdobla en capas de historia y misticismo. El castillo de Bratislava, encaramado en lo alto de una colina, domina el horizonte con sus torres blancas que contrastan con el cielo gris, como un solemne guardián que observa la ciudad a sus pies.

El centro histórico es compacto, casi como un laberinto de calles empedradas con piedras antiguas, flanqueadas por edificios barrocos y góticos que han sido testigos de siglos de invasiones, coronaciones y revoluciones. Al caminar por sus calles, hay una sensación constante del pasado, como si las piedras bajo tus pies aún llevaran el peso de las legiones romanas que pasaron, los reyes húngaros que fueron coronados en sus iglesias y los fantasmas de una Europa Central marcada por imperios que subieron y cayeron.

La Catedral de San Martín, donde fueron coronados muchos reyes de Hungría, se alza imponente, con su alta torre que parece perforar el cielo. Durante siglos, esta catedral ha sido el corazón espiritual de la ciudad, y al entrar por sus puertas, el aire parece cambiar: se vuelve más denso, más silencioso, como si te alejaras del mundo moderno y entraras en una dimensión de fe e historia. Las vidrieras proyectan luces de colores que bailan sobre las frías paredes de piedra, y el olor a incienso aún persiste, evocando recuerdos de antiguas ceremonias y secretos susurrados.

Bratislava es una ciudad de contrastes. Lo moderno y lo antiguo se unen en una peculiar danza, donde aparecen rascacielos de cristal y acero junto a edificios renacentistas, pero siempre con el peso del pasado dominando el entorno. La Puerta de San Miguel, la única puerta medieval que queda en la ciudad, es una entrada simbólica a otro tiempo, y al atravesarla, es como si estuvieras cruzando un portal a una antigua Bratislava, donde las leyendas y las historias se mezclan con la realidad.

El río Danubio, que serpentea perezosamente a lo largo de la ciudad, ofrece una presencia constante y silenciosa. Sus aguas oscuras reflejan las luces de la ciudad por la noche, creando un escenario casi onírico, donde las sombras de edificios históricos y modernos se funden con la corriente. A lo largo de sus orillas, hay un silencio pesado, interrumpido solo por el sonido lejano de un barco que corta las aguas o el murmullo de las hojas de los árboles, como si el río guardara las historias no contadas de Bratislava.

Por la noche, la ciudad adquiere un aura aún más misteriosa. Las calles estrechas están casi desiertas, y los callejones sombríos, iluminados solo por la suave luz de los farolillos, adquieren una cualidad casi espectral. El castillo de Bratislava, que durante el día parece una atracción turística, por la noche se transforma en una figura fantasmal, con sus torres sumidas en la oscuridad y las luces lejanas de la ciudad proyectan sombras en las colinas circundantes. Es fácil imaginar que las antiguas piedras del castillo aún conservan ecos de las conspiraciones y batallas que tuvieron lugar allí, como si el pasado nunca se hubiera ido realmente.

Bratislava es también una ciudad donde el folclore y el misticismo están profundamente arraigados. Las historias de criaturas sobrenaturales, de reyes antiguos y de hechiceros, todavía son susurradas por los habitantes más viejos. Se dice que ciertas calles y plazas están embrujadas por espíritus inquietos, y los edificios históricos, con sus ventanas estrechas y fachadas decrépitas, parecen albergar sombras que permanecen intactas durante siglos. Hay algo oscuro y al mismo tiempo fascinante en la forma en que la ciudad abraza su historia y sus mitos.

La Iglesia Azul, con su arquitectura casi de otro mundo, destaca entre los edificios austeros con su color suave y sus líneas curvas, como si hubiera salido de otro mundo. Pero incluso ella, con toda su elegante apariencia, parece guardar secretos de tiempos pasados, reflejando el espíritu mismo de Bratislava: una ciudad que es a la vez hermosa y misteriosa, con una historia que se desarrolla en capas, revelando nuevos detalles con cada mirada más cercana.

Bratislava no revela sus secretos fácilmente, pero aquellos que caminan por sus calles con ojos atentos y corazones abiertos sentirán el peso de la historia, la profundidad de su cultura y los ecos de épocas pasadas que aún resuenan en sus piedras milenarias.

La Puerta de San Miguel y su Torre, Michalská Brána, es una de las estructuras más emblemáticas y antiguas de la ciudad, y tiene un aura mística que se remonta a la Edad Media. Es la única de las puertas fortificadas originales que ha sobrevivido al tiempo, guardando los secretos de una Bratislava medieval, llena de leyendas y misterios ocultos. Con su torre gótica que se eleva sobre la ciudad, se siente como un guardián silencioso de la historia, conectando el presente con el pasado profundo y esotérico.

Construida en el siglo XIV, la Torre de San Miguel fue una vez una parte esencial de las fortificaciones defensivas de Bratislava, erigida para proteger la ciudad de las invasiones y controlar el acceso a través de las murallas. Hoy, con cincuenta metros de altura, la torre ofrece una vista impresionante sobre los tejados de la Ciudad Vieja y el río Danubio, una vista que, para algunos, simboliza no solo la maestría física, sino también la conexión espiritual entre la tierra y el cielo.

Al entrar por la puerta, hay una sensación de transición: de dejar atrás el mundo moderno y sumergirse en una Bratislava medieval. El sombrío pasaje bajo el arco de la puerta es estrecho y está lleno de historia. Los susurros de viejas historias parecen flotar en el aire, como si los fantasmas de tiempos pasados aún caminaran por ahí.

La parte superior de la torre está coronada por una escultura de San Miguel, el arcángel que, en la tradición cristiana, lidera los ejércitos celestiales contra las fuerzas de las tinieblas. La presencia de San Miguel, a menudo representado como el protector contra el mal y defensor de la luz, le da a la torre un aura simbólica de protección espiritual. Se dice que San Miguel fue elegido no solo para proteger la entrada física a la ciudad, sino también para vigilar las energías espirituales, repeliendo las malas influencias que pudieran entrar en Bratislava.

En el interior de la torre, ahora hay un pequeño museo que muestra la historia de las antiguas fortificaciones de la ciudad. Sin embargo, hay quienes creen que secretos más profundos se esconden dentro de las paredes de la estructura. Hay leyendas de que la torre fue utilizada una vez por alquimistas y eruditos ocultistas, que habrían llevado a cabo experimentos místicos en los niveles superiores del edificio, buscando comprender los secretos de la transmutación de los metales y la ascensión espiritual.

Otro aspecto místico de la Torre está relacionado con el marcador del kilómetro cero, situado justo debajo del arco. Este punto marca distancias a diversas capitales del mundo, pero para los más esotéricos, se considera un centro energético, un punto de convergencia de líneas energéticas que atraviesan la tierra. Algunos creen que la torre está estratégicamente ubicada sobre una de estas "líneas eléctricas", que conectan Bratislava con una red oculta de sitios espirituales y poderosos en toda Europa.

Durante la noche, especialmente en luna llena o noches de niebla, la torre de São Miguel adquiere una atmósfera aún más mística y casi de otro mundo. La tenue luz que emana de la torre parece ser absorbida por las sombras circundantes, y las antiguas calles que la rodean están envueltas en un profundo silencio, como si esperaran algún evento mágico o espectral. Los lugareños susurran sobre fantasmas de caballeros medievales que supuestamente custodian la puerta, apareciendo de vez en cuando para proteger la ciudad contra fuerzas invisibles.

La Torre de San Miguel, con sus historias de defensa, alquimia y protección espiritual, es un punto de fascinación para aquellos que buscan el misticismo oculto de Bratislava. Más que una puerta histórica, es un símbolo de la ciudad antigua, un guardián de misterios, energías secretas y las leyendas que continúan enredando esta fascinante ciudad.

Pero nada más que eso. Había llegado allí sin ninguna expectativa de encontrar un pergamino escondido dentro de la Torre que tuviera los medios para producir la Piedra Filosofal.

Decídete a caminar por este pequeño y encantador centro de Bratislava, hasta que notes un movimiento extraño, y encuentres un bar que es literalmente secreto, en una entrada secreta.

Este bar parecía sacado de las páginas de una novela de misterio, con una atmósfera atractiva y seductora. Escondido en una de las callejuelas del centro histórico, detrás de una fachada ordinaria y casi imperceptible, este lugar es un verdadero santuario de lo prohibido y lo enigmático, donde la experiencia de entrar es tan emocionante como la de beber uno de los cócteles artísticos e innovadores que ofrece el lugar.

No hay letreros llamativos ni anuncios grandes; Encontrar el bar era en sí mismo parte de la aventura. Para acceder al bar, es necesario pasar por una puerta disfrazada o, en algunos casos, seguir pistas sutiles que pueden ser descubiertas por quienes conocen las antiguas calles de Bratislava. Este misterio alrededor del lugar hace que la expectativa crezca a cada paso, y cuando entras al espacio, te encuentras con un ambiente íntimo, decorado con un aire vintage y lujoso que remite a la época de los bares clandestinos de la Era de la Prohibición.

El interior es una verdadera joya escondida: paredes oscuras, iluminación tenue y suave, y muebles de cuero que invitan a la relajación.

Las velas iluminan discretamente el ambiente, creando sombras que parecen esconder secretos ancestrales. Hay algo casi místico en el aire, como si el lugar estuviera impregnado de historias de encuentros sigilosos y conversaciones secretas. Los camareros, vestidos elegantemente, son verdaderos alquimistas modernos, que crean cócteles que se parecen más a pociones mágicas.

El menú era un universo aparte. Aquí, no solo encontrarás bebidas; Cada cóctel se prepara cuidadosamente con una combinación única de ingredientes raros y exóticos, a menudo inspirados en tradiciones y sabores esotéricos.

Hay misteriosos brebajes de hierbas, licores añejos y licores artesanales, muchos de los cuales llevan nombres enigmáticos y referencias a la historia o mitología eslovaca y europea. La presentación de las bebidas también es una experiencia sensorial: vasos de cristal, humo envolvente, hielo tallado a mano: cada detalle está diseñado para transportarte a otra dimensión.

No se trataba solo de un bar, sino de un lugar de encuentros secretos e intercambios de miradas cómplices, donde las conversaciones cercanas al oído se llevan a cabo con el telón de fondo de una música suave, que completa el aura de exclusividad. Muchos dicen que es un lugar perfecto para aquellos que buscan no solo una noche diferente, sino también para aquellos que quieren explorar el lado más misterioso y secreto de Bratislava.

Ya sea para los amantes del misticismo del pasado o para los que simplemente quieren perderse en una velada mágica con cócteles mágicos, esta fue una experiencia inolvidable, llena de encanto oculto y una sensación de descubrimiento, como si hubieran encontrado un secreto que pocos se atrevían a desentrañar.

Y mientras me sentaba allí, experimentando este ambiente, probando mi bebida y escuchando la música, sentí el suave peso de lo que sería *existir de verdad*. Sin la prisa que una vez me aprisionó, o sin que las expectativas de los demás, y las mías propias, moldearan cada paso. Ahora, el tiempo parece más maleable, casi como si pudiera tocarlo y moldearlo a mi *propia voluntad*. Cada momento es un poco más denso, con más significado, como si cada experiencia estuviera destinada a ser saboreada, y no simplemente vivida por obligación.

El primer sorbo de esa bebida, fría y aromática, sabe a revelación. No era solo una bebida, sino un ritual tranquilo de conexión conmigo misma. La brisa que entra por la ventana y que lleva el aroma de los árboles me parece un susurro antiguo, como si el mundo estuviera tratando de contar secretos que solo ahora estoy listo para escuchar.

Las cosas que disfruto, que alguna vez fueron indulgencias furtivas, ahora son celebraciones de una vida que finalmente me propongo vivir. Lee un libro hasta altas horas de la noche, sin preocuparte por el amanecer. Caminar sin rumbo, disfrutando de la forma en que la luz del sol se extiende por las calles, haciéndolas más hermosas de una manera que no había visto antes. Es curioso cómo lo que antes era mundano ahora tiene un aura de misterio, pero sin necesidad de ser explicado. La belleza siempre estaba ahí, esperando que yo la percibiera, pero mi alma no estaba despierta.

Siempre he estado rodeada de detalles que antes se me escapaban. La textura del viejo suelo de madera y sus pasos chirriantes, el eco de la música que suena en el bar, las conversaciones susurradas de desconocidos que pasan a mi lado como si fueran sombras. No son solo acontecimientos, sino fragmentos de algo más grande, un mosaico que recién ahora estoy empezando a comprender. ¿Es vivir, entonces, eso? Reconoce que la vida no es el gran evento que esperábamos, sino más bien una serie de momentos intrincadamente entrelazados, tan pequeños como esenciales.

Hay una cierta libertad en finalmente permitirte apreciar. Saber que el simple hecho de estar presente, de respirar profundamente y observar el mundo que te rodea, es suficiente.

Y eso, me di cuenta en ese momento, es la verdadera riqueza de la vida. No se trata de logros o metas inalcanzables, sino de permitirte sumergirte en las pequeñas cosas que hacen que tu corazón lata de curiosidad y satisfacción.

Por primera vez, sentí que estaba donde debía estar: la vida podía ser buena.

Capítulo 6
La Tarta de Queso
VII. Clavis.

Mi vuelo de regreso a Lisboa había sido cancelado. Definitivamente. Mis alternativas eran ir a Madrid con una escala de un día allí, o una escala de dos días en Bilbao.

Bilbao, en el corazón del País Vasco, es una ciudad que se reinventa constantemente, donde el pasado industrial se encuentra con la innovación cultural en una vibrante mezcla de tradición y modernidad. Enclavada en el valle de la ría del Nervión, rodeada de verdes montañas y cerca del Atlántico, Bilbao emana una energía única, marcada por la armoniosa convivencia entre la arquitectura futurista y los barrios históricos llenos de encanto.

El símbolo más icónico de esta transformación es el Museo Guggenheim, una magnífica estructura de titanio, vidrio y piedra, diseñada por Frank Gehry, que parece fluir como una escultura viviente junto al río.

Este museo no solo ha puesto a Bilbao en el mapa mundial del arte contemporáneo, sino que también es un hito de la recuperación urbana de la ciudad, que ha pasado de ser un centro industrial en decadencia a una metrópolis culturalmente palpitante. Las curvas y los ángulos del Guggenheim reflejan la audacia de la ciudad para reinventarse, con sus superficies metálicas que brillan al sol y crean un fascinante juego de luces y sombras. Además, los vascos tienen una de las lenguas más encantadoras y misteriosas de toda la historia. Solo conocer esta cultura y particularidad lingüística valdría la pena los recorridos por el país.

Sin embargo, el corazón de Bilbao sigue arraigado en el Casco Viejo, el casco antiguo, con sus siete calles estrechas, conocidas como "Las Siete Calles", que datan de la Edad Media. Este laberinto de callejones empedrados está lleno de acogedores cafés, bares de pintxos y tiendas tradicionales, donde el pasado vasco sigue vivo en las coloridas fachadas e iglesias góticas como la Catedral de Santiago. Mientras paseas por estas calles, es fácil perderse en el tiempo, admirando la arquitectura centenaria y respirando el espíritu auténtico y acogedor de la ciudad.

Durante la Edad Media, Bilbao, al igual que otras ciudades de la ruta comercial marítima, atrajo a viajeros de todo el Mediterráneo, y con ellos llegaron no sólo riquezas, sino también ideas y prácticas esotéricas. La ciudad, con su ubicación estratégica, se convirtió en un lugar de encuentro para alquimistas y estudiosos del ocultismo que buscaban desentrañar los secretos de la transmutación de los metales y la creación de la Piedra Filosofal.

Hay constancia de que nobles y comerciantes de Bilbao patrocinaban a alquimistas, que trabajaban en laboratorios escondidos en las profundidades de las casas solariegas de la ciudad. Algunas de estas casas, en el Casco Viejo (el centro histórico), tienen discretamente incorporados en sus fachadas símbolos esotéricos, como grabados de serpientes, triángulos y formas geométricas que hacen referencia a la simbología hermética. Muchos creen que estos símbolos fueron colocados allí por masones o alquimistas, y que hay significados ocultos en la organización misma de las calles antiguas, que siguen patrones geométricos conectados a la geometría sagrada.

Los puentes que cruzan la ría del Nervión son testigos de la evolución de Bilbao, conectando no solo las orillas de la ciudad, sino que también simbolizan la unión entre lo antiguo y lo nuevo. El Puente Zubizuri, una creación futurista de Santiago Calatrava, con su forma curvilínea y estructura de vidrio, es uno de los más impresionantes, en contraste con los puentes históricos que recuerdan el pasado industrial de la ciudad. Cada uno de ellos parece contar una historia, marcando el flujo continuo de cambio y adaptación que define a Bilbao.

La ciudad también es un paraíso para los amantes de la gastronomía, con sus bares de pintxos repartidos por cada esquina, que sirven pequeñas obras maestras culinarias que convierten ingredientes simples en algo extraordinario. El Mercado de La Ribera, una de las ferias cubiertas más grandes de Europa, es el lugar perfecto para experimentar los auténticos sabores de la región, con sus vibrantes puestos llenos de mariscos frescos, embutidos vascos y quesos locales. La cocina de Bilbao, al igual que la de la ciudad, es una fusión de tradiciones locales con toques modernos e innovadores.

Bilbao es también una ciudad que se mueve al ritmo de la cultura vasca. La lengua y la identidad vasca están siempre presentes, desde los carteles bilingües hasta las fiestas locales.
La Aste Nagusia, una de las fiestas más importantes, transforma la ciudad con música, danza y eventos tradicionales que revelan el orgullo y la pasión del pueblo vasco. Al

mismo tiempo, Bilbao es cosmopolita, abierta al mundo, con una vibrante escena artística y cultural que atrae a gente de todos los rincones.

Rodeada de colinas y montañas, Bilbao también ofrece fácil acceso a la naturaleza. No es raro ver a los lugareños caminando por los senderos verdes que rodean la ciudad, o descendiendo a las playas del Golfo de Vizcaya para surfear y relajarse con el sonido de las olas del Atlántico.

Bilbao es una ciudad en constante movimiento, que respeta su pasado, pero mira al futuro con audacia y creatividad. Una metrópoli que ha sabido reinventarse sin perder su alma, donde cada rincón revela un nuevo encuentro entre tradición y modernidad, entre lo urbano y lo natural. Es esta dualidad, el orgullo de sus raíces y el deseo incesante de proyectarse hacia el futuro, lo que hace de Bilbao un lugar realmente fascinante.

Pero, más fascinante que los misterios y bellezas únicas de esta ciudad, o los placeres imborrables que podían aportar los más variados y buenos vinos de la región y los pintxos artesanales, había una cosa que realmente me había enamorado.

Mientras estaba en uno de estos restaurantes, me di cuenta de que siempre dejaba, casi en forma de línea de producción, trozos de un pastel que me parecían bastante peculiares.

La tarta de queso vasco, también conocida como tarta de queso quemado, es uno de los postres más icónicos y encantadores del País Vasco, famoso por su exterior caramelizado y su sabor sorprendentemente cremoso. Sencilla a primera vista, esta tarta esconde una riqueza de texturas y sabores que se revelan con cada bocado, combinando la rusticidad de la cocina vasca con una sofisticación casi mágica.

Al mirar la tarta de queso, lo primero que llama la atención es su corteza oscura y quemada, fruto de la alta temperatura del horno, que crea una capa caramelizada y dorada, con un toque ligeramente amargo que contrasta a la perfección con la dulzura y cremosidad del interior.

Este aspecto casi accidentalmente imperfecto, con bordes dentados y grietas que surgen naturalmente durante la cocción, no hace más que aumentar su atractivo visual, evocando algo rústico y auténtico, como si saliera directamente de una cocina tradicional vasca.

Pero es en el interior donde realmente ocurre la magia. Cuando cortas la primera rebanada, el queso se derrite lentamente, revelando una textura sedosa, casi líquida en el centro. La tarta parece fusionarse con el plato, y el primer bocado aporta un sabor profundo y envolvente: una rica mezcla de queso crema, con una ligera acidez y un toque de vainilla.

El contraste entre el exterior quemado y el relleno liso crea una experiencia sensorial única, en la que el crujido de la capa exterior da paso a la dulzura y ligereza del interior.

El secreto detrás de este pastel radica en los ingredientes simples (queso crema, huevos, azúcar y crema) que juntos se transforman en algo sublime a través del intenso calor del horno. Tradicionalmente horneada sin base de masa, la tarta es un ejemplo perfecto de cómo la cocina vasca valora la pureza de los sabores y la sencillez de los procesos. La alta temperatura no solo carameliza la parte superior, sino que también cocina el pastel de manera desigual, creando las diferentes texturas que son el sello distintivo de esta especia.

Servida fría o caliente, la tarta de queso vasco no necesita acompañamientos complicados. Su belleza radica en su sencillez. Sin embargo, en algunas variaciones, se puede acompañar de frutos rojos o un jarabe ligero de frutas, que complementan el delicado sabor del queso sin opacar su esencia.

El primer bocado revela el contraste perfecto: el amargor dulce de la capa superior y la suavidad cremosa del centro. Es un postre que parece envuelto en un manto de misterio culinario, que impresiona por la profundidad de sus sabores, a pesar de su apariencia sin pretensiones.

Durante dos días me entregué a todos estos placeres y pecados de Bilbao. Saboreé esa magnífica cocina y sus vinos especiales.

Si hubo alguna búsqueda metafísica en el curso de mi existencia, ya no lo recordaba.

Eso estuvo bien hasta que bebí un poco más de media botella de un licor de pistacho muy bueno.

La primera sensación de intoxicación es apenas perceptible, un calor sutil que se extiende por el cuerpo, como si la sangre se calentara ligeramente desde el interior, deslizándose por las venas con un ritmo anormal. El mundo a su alrededor parece vibrar de una manera extraña, como si el aire se volviera más espeso, amortiguado, y cada sonido estuviera envuelto en una capa de eco distante. Los dedos, antes ágiles, ahora pesan, como si hubieran sido recubiertos de plomo, mientras que la piel comienza a hormiguear con un escalofrío involuntario, una señal de advertencia silenciosa que el cuerpo envía, demasiado tarde.

Los pensamientos, una vez claros, se vuelven densos, envueltos en una niebla que se espesa con cada respiración. La lengua se mueve pesadamente en la boca y las palabras se enredan incluso antes de llegar a los labios. Hay un sabor metálico, casi dulce y amargo al mismo tiempo, que comienza a apoderarse de la boca, extendiéndose como veneno. Los párpados se sienten cada vez más pesados, e incluso el simple hecho de mantener los ojos abiertos se convierte en una lucha silenciosa contra la oscuridad que se acerca.

Luego, el calor se convierte en una sensación de asfixia, como si el aire circundante fuera robado lentamente, gota a gota. La respiración, que era automática, ahora se siente como un esfuerzo consciente, una orden distante que el cuerpo ignora. El pecho está pesado y el corazón, una vez fuerte y rítmico, comienza a latir erráticamente, latiendo demasiado rápido, y luego se ralentiza, como un tambor que falla. Un sudor frío le corre por la frente, le tiemblan las manos, y hay un momento en que el cuerpo parece flotar entre dos mundos, oscilando entre la lucidez y el abismo de la inconsciencia.

Los colores circundantes comienzan a distorsionarse, fragmentándose en tonos que no tienen sentido, como si el espacio se estuviera desintegrando lentamente. Las paredes parecen curvarse hacia adentro, y los rostros, si los hay cerca, se convierten en borrones lejanos, formas sin definición. El sonido a su alrededor comienza a desvanecerse, convirtiéndose en un ruido sordo y lejano, hasta que todo se convierte en silencio. Un silencio profundo que resuena en el vacío de la mente.

El vértigo se apodera de todo. El suelo parece ceder bajo los pies, pero no hay caída, solo un vacío, una sensación de flotar en un espacio atemporal. El cuerpo, ahora insensible, ya no responde a las órdenes. El corazón se ralentiza una vez más, pulsando a un ritmo irregular, cada latido resonando en la cabeza como un tambor lento. La visión comienza a desvanecerse en círculos, oscureciéndose en los bordes, hasta que solo quedan sombras, y finalmente ni siquiera eso.

En el momento final antes de sucumbir, hay una extraña calma, como si la mente se rindiera. El miedo se disipa, y lo que queda es sólo la oscuridad, una nada profunda y absoluta, donde el cuerpo no siente, y el pensamiento cesa. La última chispa de conciencia es un susurro, extinguido, ahogado en un velo de silencio. La caída es lenta pero inexorable, hasta que la oscuridad se convierte en todo y el mundo se disuelve en el olvido sin retorno.

Mi última experiencia trascendental fue la Tarta de Queso. "¿Valió la pena?" – pensé – "Probablemente sí" – respondí en voz alta.

Creo que estaba delirando, porque, mientras se desmayaba, en todo momento, recordaba los grabados de la muerte en el puente de Lucerna. "¿¡Es ahora que cruzo el Puente de la Muerte!?"

Desde que era niña, supe que tenía algún tipo de alergia a los frutos secos y a las castañas.

Las típicas molestias estomacales después de comer, breve dificultad para respirar, sensación de náuseas y náuseas, hicieron que desde pequeño me alejara de estas especias típicas de las temporadas navideñas.

Pero esto nunca había sucedido con los pistachos. Tal vez aún no había comido la cantidad necesaria para causar alguna reacción, o había bebido la cantidad correcta de algún licor hecho con él hasta que tuve que ser hospitalizado por autoenvenenamiento.

Recuerdo una de las primeras veces en mi vida que tuve la típica sensación de alergia. Era una de las noches antes de Navidad.

En la casa había un árbol de Navidad lleno de esas luces que brillan y que hacen las delicias de cualquier niño.

Estaba fascinado. Miré detenidamente los colores vibrantes, y traté de ver cómo de ese pequeño hilo conectado en un agujero en la pared podía pasar todos esos colores tan vibrantes e intensos.

Yo también quería esos colores para mí. Así que saqué un poco el conector del enchufe y puse el dedo allí. Tampoco fue nada agradable.

Me desperté a primera hora de la tarde del día siguiente. Una enfermera muy amable me contó lo que sucedió, en qué hospital estaba, me explicó la cantidad de medicamento que tomé y el procedimiento profundamente desagradable por el que tuve que pasar.

Sintió que realmente había regresado de entre los muertos. De hecho, me sentía aún más muerta que viva, pero sabía que estaba viva por la cantidad e intensidad de las malas sensaciones que sentía en mi cuerpo, en mi cabeza y tal vez incluso en mi espíritu.

Y lo único que quería era irme a casa.

Capítulo 7
El ahorcado
VIII. Clavis.

De vuelta en Lisboa, todavía me sentía muy mal, tenía un dolor indescriptible en lugares de mi cuerpo que ni siquiera recordaba haber tenido. La sensación constante de náuseas y la posibilidad de vomitar estaban más presentes en mí que la figura de la Muerte en los grabados del Puente con sus pacientes de peste. Si había un purgatorio, era el mío.

Incluso semanas después del evento, todavía tenía náuseas constantes, y ese día, demasiado para quedarme en casa; e incluso con cierta dificultad para caminar teniendo que estar sentado todo el tiempo, decidí ir a Praça do Comércio y desde allí caminar hasta Rossio.

La Iglesia de São Domingos, también conocida como Iglesia del Rossio, emana un aura oscura y misteriosa que la distingue de cualquier otro templo de la ciudad. Al cruzar sus puertas, inmediatamente sientes que este no es un lugar de belleza inmaculada, sino de profundas cicatrices, tanto físicas como espirituales. La primera impresión es que la iglesia, una vez majestuosa, fue testigo mudo de un cataclismo que marcó para siempre su existencia.

Las marcas del incendio de 1959 aún dominan el interior, creando un escenario de desolación congelado en el tiempo. Las gruesas, oscuras y chamuscadas columnas que sostienen el techo abovedado parecen huesos carbonizados de una estructura viva que ha resistido la devastación.

No son lisas y perfectas como en otras iglesias barrocas, están deformes, con grietas que serpentean sus superficies, como si el calor hubiera intentado doblarlas. Sus tonalidades rojizas y negras evocan algo primitivo, como si hubieran sido forjadas en las profundidades de la tierra, trayendo a la mente una imagen de fuego y destrucción.

Además de su historia de destrucción por el fuego, la Iglesia de Santo Domingo ha sido escenario de otros episodios oscuros en la historia de Lisboa, incluidas las horribles masacres de judíos en 1506, donde miles fueron asesinados en las calles alrededor de la iglesia. Esta carga histórica se refleja en la atmósfera pesada y contemplativa del lugar, un espacio donde la fe y el luto conviven, creando una energía que parece trascender el presente.

El techo es bajo, pesado, como una presencia opresiva que parece descender sobre los visitantes, mientras que los restos de las bóvedas están marcados por el tiempo y el fuego, con partes de la piedra rotas y debilitadas por el calor. Hay una sensación de pesadez en el aire, casi como si el lugar estuviera imbuido de una fuerza invisible que sostiene la mirada y mantiene a los visitantes en un estado de asombro silencioso. El silencio aquí es diferente, no es solo la ausencia de sonido, sino una pesada quietud, como si cada pared y cada columna aún resonaran con los gritos ahogados del fuego que los consumía.

Las paredes, una vez revestidas con vibrantes decoraciones barrocas, ahora tienen cicatrices profundas. El tono negro de las superficies quemadas le da un aspecto casi lúgubre, donde la luz del sol que pasa por las vidrieras parece tímida, filtrándose como un espectro, creando sombras distorsionadas que bailan a lo largo de las paredes. Esta luz tenue intensifica la atmósfera de misterio, haciendo que los detalles de la iglesia aparezcan y desaparezcan en la penumbra, como si el pasado todavía estuviera tratando de emerger de la oscuridad.

El frío suelo de piedra parece estar impregnado de historias ocultas. Cada paso resuena a través de la nave central, reverberando a través de las paredes como susurros de la antigüedad. La sensación de caminar allí es fantasmal, una extraña mezcla de presencia y ausencia. El visitante recuerda constantemente las tragedias que marcaron este lugar, ya sea por el fuego destructor o por los sangrientos acontecimientos de la historia, como las matanzas de judíos en 1506, cuyos ecos parecen resonar aún en las piedras desgastadas.

En el altar, en medio de la destrucción, hay un contraste sorprendente: estatuas doradas y relucientes, casi intactas, miran solemnemente el espacio devastado, ofreciendo una visión de esperanza o tal vez de resignación. El oro brilla con una luz que parece fuera de lugar, como si ya no perteneciera a ese escenario sombrío, sino que insistiera en permanecer como último vestigio de luz divina en un lugar donde dominan las sombras.

Las capillas laterales, pequeñas y discretas, parecen nichos de secreta devoción. Algunas imágenes de santos, mugrientas por el tiempo y el humo, miran con los ojos vacíos, presenciando oraciones silenciosas que resuenan en el ambiente. Las velas parpadean con una luz tenue, casi insignificante frente a la oscura inmensidad que las rodea.

El olor a cera derretida y la fría humedad del espacio se suman a la atmósfera de melancolía e introspección.

Los visitantes a menudo se ven atrapados por una sensación de incomodidad sutil, como si el espacio exigiera un respeto diferente, más profundo, casi más oscuro. Aquí, no es la gloria divina la que resplandece, sino la resistencia frente a la destrucción. La Iglesia de Santo Domingo es, en cierto modo, un lugar de penitencia eterna, donde la belleza del pasado ha sido consumida y reemplazada por un crudo recordatorio de la mortalidad y la fuerza inexorable del tiempo.

Este no es un espacio de redención fácil o comodidad inmediata. Es un lugar de reflexión sobre la fragilidad de la vida, donde conviven la fe y el dolor, donde lo sagrado y lo profano se entrelazan en las sombras oscuras y las cicatrices de piedra que nunca parecen sanar.

La tragedia conocida como la Masacre de Lisboa de 1506, también llamada la Masacre de São Domingos, es uno de los acontecimientos más oscuros de la historia de Portugal. Tuvo lugar durante tres días en abril de 1506 y estuvo marcada por la masacre de miles de judíos convertidos al cristianismo —los llamados cristianos nuevos— en las inmediaciones y en el interior de la misma iglesia de São Domingos, cerca de Rossio, en Lisboa. El evento fue impulsado por el fanatismo religioso, la intolerancia y las tensiones sociales y económicas de la época.

A finales del siglo XV, Portugal, como muchos otros países europeos, vivía un período de gran intolerancia religiosa. En 1497, el rey Manuel I promulgó un decreto que ordenaba la conversión forzada de los judíos al cristianismo, prohibiendo la práctica del judaísmo en el reino. Los que se negaban a convertirse tenían que huir o enfrentarse a la muerte. Los judíos que se convirtieron al cristianismo llegaron a ser llamados cristianos nuevos, pero muchos mantuvieron en secreto sus prácticas religiosas judías. Aunque oficialmente eran cristianos, a menudo se sospechaba que estos nuevos cristianos practicaban el judaísmo en secreto y, como resultado, eran constantemente objeto de discriminación y persecución por parte de la "vieja" población cristiana.

En 1506, Lisboa se enfrentaba a una gran crisis social y económica, agravada por una grave sequía y una epidemia de peste. Había un clima de desesperación y miedo, y la creencia en los castigos divinos se intensificó. Las tensiones religiosas y el descontento popular con la presencia de los nuevos cristianos, vistos como "herejes" y culpables de muchos males, estaban en su apogeo.

La masacre fue provocada por un incidente aparentemente insignificante dentro de la iglesia de Santo Domingo. Durante una misa el 19 de abril de 1506, una procesión de fieles se reunió para rezar por la lluvia, pidiendo un milagro que pusiera fin a la sequía. En un momento dado, un rayo de luz entró en la iglesia e iluminó el crucifijo, lo que muchos de los presentes interpretaron como una señal divina. Sin embargo, un nuevo cristiano que estaba en la iglesia expresó dudas sobre el milagro, sugiriendo que la luz era solo un efecto natural del sol.

Ese comentario enardeció a la multitud. Indignados, los presentes comenzaron a golpear al hombre, acusándolo de blasfemia. La violencia escaló rápidamente, con el apoyo de dos frailes dominicos que incitaron a la multitud a perseguir a todos los cristianos nuevos de la ciudad, culpándolos de las desgracias que afligían a Lisboa. Prometieron indulgencias a cualquiera que ayudara a matar a los "herejes". A partir de ese momento, la violencia se extendió por las calles de Lisboa y la masacre adquirió proporciones brutales.

Durante tres días, una turba enfurecida deambuló por las calles de Lisboa, atacando, torturando y matando a los cristianos nuevos. Muchos fueron sacados de sus casas, golpeados hasta la muerte, quemados vivos o linchados en la calle. La plaza del Rossio se convirtió en uno de los principales lugares de carnicería, donde se quemaban montones de cadáveres en hogueras, y la Iglesia de São Domingos sirvió como escenario de atrocidades. Los testigos de la época relataron escenas de extrema brutalidad, en las que hombres, mujeres y niños fueron asesinados sin piedad.

Se estima que entre 2.000 y 4.000 personas fueron asesinadas en estos tres días de violencia. La furia ciega de la muchedumbre y la complicidad de parte del clero y de la población agravaron la intensidad de la barbarie. Las casas de los cristianos nuevos fueron saqueadas, sus posesiones fueron robadas y muchos de los que intentaron huir fueron perseguidos como animales.

Hoy en día, un sencillo monumento en la fachada de la iglesia conmemora la masacre de 1506. El monumento consiste en una pequeña placa con la inscripción: "En memoria de las víctimas de la intolerancia y el fanatismo religioso. Lisboa, abril de 1506. El interior de la iglesia, con sus cicatrices de fuego y destrucción, parece expresar de manera sombría el sufrimiento de tantas vidas perdidas y la tragedia de un odio ciego que marcó la historia de la ciudad.

Y fue en este ambiente donde me encontré a mí mismo. Sentado en esa vieja y sombría iglesia, sin esperanza, con mis reservas económicas desmoronándose y la melancolía reinando en mi ser.

Ya no tenía pistas veladas ni caminos ocultos que seguir, pero me había dado cuenta de una cosa muy importante: ya no tenía un lugar al que regresar.

Capítulo 8
La Luna
IX. Clavis.

Muchos días después... Me desperté en un sueño. La conciencia estaba borrosa, como si estuviera sumergida en aguas oscuras y espesas, pero al mismo tiempo, todo a mi alrededor brillaba con una luz difusa y opresiva. Una ciudad con siete colinas se extendía frente a mí, inmensa, majestuosa y extrañamente decadente. Era una visión antigua, una ciudad que parecía existir fuera del tiempo, pero que, de alguna manera, siempre había estado conmigo. Sentí una familiaridad opresiva con esas calles y edificios, como si hubiera caminado a través de ellos en innumerables vidas, sin llegar realmente a ninguna parte.

El cielo era como un lienzo rasgado, a través del cual se infiltraba una luz fría, fragmentada en sombras profundas que no correspondían a formas físicas. ¿El sol? No, había algo diferente. Un resplandor casi gris. Él solo reveló. El viento silbaba como lamentos, como si los cerros contaran historias olvidadas, enterradas bajo las capas de la Tierra, esperando una voz que las recordara.

Caminó. O flotaba. El suelo parecía lejano, como si me moviera sin esfuerzo, incorpóreo. Las sinuosas calles serpenteaban alrededor de las colinas, pasando por arcos y ruinas de civilizaciones que no podría nombrar. Vi estatuas de dioses antiguos, con ojos vacíos y rostros desgastados por el tiempo. La simbología era innegable, pero todo escapaba a la comprensión. Reconoció algunas de las señales, fragmentos de recuerdos ocultos, tal vez de antiguos textos sagrados, pero nada estaba claro. Había rastros de una verdad oculta, enterrada bajo la superficie.

Pasé por una gran plaza, con columnas rotas y árboles retorcidos, y en el centro, vi un lago negro, cuya agua parecía absorber la luz en lugar de reflejarla. Me sentí atraído hacia allí, como si un imán invisible me llevara al centro de ese vacío.

Al acercarme, me di cuenta de que había figuras a la orilla del agua. Estaban quietos, inmóviles, pero sus formas eran vagamente reconocibles: humanas, pero no exactamente humanas. Trajeron consigo un sentido de propósito que no pude desentrañar. Sus rostros eran indistintos, pero los ojos... Ah, los ojos eran enormes, como si contuvieran el cosmos mismo, girando lentamente en espirales infinitas.

—murmuró uno de ellos—. La voz no tenía un origen claro, resonaba en algún lugar de mi mente, como el pensamiento de otra persona filtrándose en el mío.

"Uno vivo entre los muertos".

Traté de hablar, pero mi boca no se movía. Las palabras se me quedaron grabadas, como si no me permitieran romper el silencio sombrío de ese lugar.

—Hay dos ríos —continuó la figura—, sólo uno de ellos tiene los ecos de lo que ya conoces pero has olvidado.

Miré hacia el lago, tratando de encontrar algún significado en esas aguas oscuras. Al acercarme, vi que su superficie no era agua ordinaria. Reflejaba algo más profundo, un abismo donde las colinas parecían distorsionarse y contorsionarse. Había visiones en el reflejo. Vi una batalla, similar a las imágenes del Apocalipsis: caballos negros cabalgando en nubes de fuego, multitudes huyendo y una torre a lo lejos, cayendo. Pero también vi algo más tranquilo, una vasta llanura interminable, con campos dorados y un río que se extendía hasta el horizonte.

"¿Qué es esto?", alcancé a preguntar finalmente, aunque sin ninguna voz. Mi mente proyectaba la pregunta, y las cifras parecían responder automáticamente, como si estuvieran esperando.

"Este es el final. Es el comienzo".

La frase reverberó dentro de mí, como un sonido hueco que no podía disiparse. El Gita hablaba de ciclos, del samsara, del nacimiento y la muerte continuos, pero allí la idea era palpable. Vi rostros en las aguas, mis rostros. Era un rey, un mendigo, un soldado. Vi la destrucción de ciudades que no reconocía y la paz de lugares que nunca había conocido.

Una de las figuras se movía, lentamente, como si desafiara al tiempo mismo. La mano esquelética se levantó y señaló algo en la distancia. En las colinas más lejanas, vi un edificio. Parecía una catedral, pero al mismo tiempo, una fortaleza. ¿Babilonia? No, era algo más personal, algo construido a partir de capas de mi mente.

Caminé, o me llevaron. El tiempo parecía distorsionarse a mi alrededor, las colinas se acercaban y se alejaban de una manera que desafiaba cualquier noción de espacio. Al acercarme a ese edificio, vi enormes puertas, abiertas, pero más allá de ellas, solo había oscuridad. El Apocalipsis, como en el texto, hablaba de bestias y ángeles, de revelaciones que destruirían el mundo tal como lo conocemos. Pero la oscuridad frente a mí parecía menos literal, más una metáfora viviente. Me enfrentaba a lo desconocido. El fin de la ilusión. Quizás, el final de mí.

Entro.

En el interior de la catedral, el espacio era inmenso, pero sin paredes, sin techo. Solo pilares que se perdieron en la oscuridad de arriba. Y allí, en el centro, vi una figura sentada en un trono. ¿Un rey? ¿Un dios? Su piel era dorada, pero sus ojos eran negros como el vacío. Me miró como si hubiera estado esperando ese momento durante milenios. Sentí un peso enorme, como si estuviera frente a algo que trasciende lo humano, algo que podía destruir con un simple pensamiento.

Habló, pero no con palabras. Era un conocimiento que brotaba directamente en mi mente, como si transmitiera algo antiguo, una verdad que siempre he llevado, pero que nunca he comprendido.

"La ciudad se está cayendo".

"¿En qué ciudad?", pensé, pero ya sabía la respuesta. Eran todas las ciudades. Era mi ciudad interior, las colinas que conformaban mi propia psique, cada una representando una parte de mi vida, mis elecciones y pérdidas.

Sentí una presión creciente, una tensión que amenazaba con explotar. Era como si mi propio ser estuviera a punto de desintegrarse, dividido en pequeños fragmentos.

Se puso de pie y comenzó a caminar hacia mí, cada paso resonando en el vacío. Cuando por fin estuvo lo suficientemente cerca, le tendió la mano. Y en ella vi una llama. Pequeño, pero intenso. Una llama que parecía contener el poder de mil soles.

Cuando toqué la llama, todo desapareció. La ciudad, los cerros, las figuras. Solo estaba yo, suspendido en el vacío, y la llama, que ahora ardía. No se quemó. Solo iluminaba lo que antes estaba oscuro.

Un palacio brillaba a lo lejos, rodeado de jardines que parecían haber sido cultivados por dioses, donde flores exóticas florecían en tonos vibrantes, sus pétalos brillaban con la luz de las estrellas.

Pero a medida que me acercaba al palacio, el tono de la belleza se oscureció. Las flores se marchitaron al contacto de la niebla, y el sonido de la música se convirtió en un lamento, como si la tierra estuviera llorando por las pérdidas y traiciones que habían ocurrido en su seno.

Al entrar en el palacio, vi paredes adornadas con tapices que contaban historias de amores prohibidos, batallas sangrientas y destinos entrelazados. En el centro, una sala circular mostraba un vasto mapa astrológico, donde las constelaciones brillaban con una intensidad que nunca había visto. Los signos se movían lentamente, como si narraran una historia de destinos cruzados, de vidas pasadas y vidas futuras.

Mientras examinaba el mapa, una sombra se proyectó sobre él, haciendo que las constelaciones se volvieran distorsionadas y grotescas. Era una entidad que se elevaba, una representación de lo trascendental, no de la destrucción, sino de la transformación. La entidad dijo algo que no pude comprender, o no puedo recordar, pero sentí su voz reverberando como un trueno lejano.

Cuando miré hacia atrás, el palacio se desmoronó en una espiral de arena. La realidad había cambiado de nuevo, y ahora estaba en un desierto, pero ya no estaba solo. Se estaba formando una multitud, viajeros de varias partes del mundo, cada uno en busca de algo, cada uno con su propio peso.

Caminando entre ellos, vi rostros de personas que conocía, otras que no reconocí, pero que me resultaban familiares. Cada uno llevaba una llama, una luz interior que iluminaba la oscuridad a su alrededor. Algunos estaban cansados, otros esperanzados, pero todos avanzaban hacia la misma meta, como si un hilo invisible los uniera.

Cuando llegué a un puente, la sensación de que estaba a punto de cruzar no era solo física; Era un cruce metafísico entre lo conocido y lo desconocido. Cada paso me mostraba una versión de mí misma que no conocía, fragmentos de lo que había sido y de lo que podía ser.

En medio del puente, una sombra se formó de nuevo frente a mí. Era la encarnación del miedo, un monstruo que crecía en tamaño y forma, moldeándose a sí mismo a partir de todas las inseguridades que había albergado. Se levantó en una tormenta de oscuridad, susurrando dudas e incertidumbres que resonaban en mi mente.

"No soy solo un viajero perdido; Yo soy parte del infinito".

El puente comenzó a brillar intensamente, iluminando el camino por delante, y vi que las formas que habían acechado en la oscuridad comenzaban a disiparse.

Al otro lado del puente, la gente caminaba por calles que parecían eternas, interactuando en armonía con la naturaleza circundante. Las flores brotaban de la tierra y los árboles frutales ofrecían sombra y sustento.

Caminé por las calles, sintiendo la conexión con todos los seres que me rodeaban. Una sensación de paz y tranquilidad fluía como un río entre nosotros, donde cada vida era una gota en un vasto océano.

Me desperté, ahora en mi habitación, con el sol filtrándose por la ventana. La brújula estaba a mi lado, palpitando con nueva energía. Lo que había experimentado no era solo un sueño; Fue una transformación. Me puse de pie y, mientras miraba por la ventana, vi el mundo a mi alrededor con nuevos ojos, como un buscador, un viajero en el ciclo eterno de la vida.

Una colina se alzaba ante mí, y a medida que me acercaba, percibí que no había más en el desierto alrededor de la ciudad; Había una puerta abierta que me llevó a un lugar familiar. Era el Parque Eduardo VII, donde los árboles formaban un laberinto verde y los sonidos de la ciudad se fundían en una sinfonía de vida. Sin embargo, el ambiente estaba impregnado de un silencio inquietante, como si el parque estuviera al borde de algo majestuoso.

En el centro del parque, una fuente manaba agua clara, pero al acercarme, noté que el agua reflejaba no solo mi rostro, sino también las imágenes de mis recuerdos.

Ahora me encontraba en una segunda colina, que se manifestaba como un antiguo castillo. Al entrar, noté que las paredes estaban cubiertas de tapices que representaban batallas y victorias, pero también tragedias. Cada tapiz parecía contar una historia, y las figuras sin vida me miraban con los ojos vacíos, como si esperaran la llegada de un héroe que nunca llegaría.

En el centro del castillo, encontré una sala de guerra, donde un consejo de guerreros discutía planes, cada uno de los cuales representaba una faceta de la lucha interna que todos enfrentamos. Entre ellos se encontraba una figura muy conocida, Krishna, que observaba con serenidad.

Pronto llegué a la tercera colina, donde las ruinas de un templo se alzaban majestuosas pero devastadas por el tiempo. El aire estaba cargado con la energía de los rituales antiguos, y el suelo reverberaba con ecos de mantras olvidados. En medio del caos, una figura emergió de entre las sombras: Kali, la diosa de la transformación.

Kali se acercó y extendió su mano, haciendo un gesto que parecía conjurar la esencia del universo. El templo comenzó a brillar y las ruinas se convirtieron en un lugar vibrante donde la vida palpitaba por todas partes.

Con la aparición de una cuarta colina, me encontré en una cueva oscura, con la entrada envuelta en niebla. Era una sensación opresiva, como si la oscuridad estuviera viva, absorbiendo toda la luz. Al entrar, la cueva se abría a una enorme sala subterránea donde seres míticos bailaban en las sombras, representando las fuerzas de la luz y la oscuridad.

En el centro de la habitación, una figura colosal se alzaba: como un ser hecho de luz, un arcángel, con alas que brillaban intensamente. Me miró, su mirada profunda y compasiva.

Mientras pronunciaba palabras que no podía escuchar, las sombras comenzaron a bailar a mi alrededor y vi figuras fantasmales, figuras de animales que nunca antes había visto e incluso ciudades que parecían de otra civilización. Era un ciclo interminable de situaciones y causalidades.

Al salir de la cueva, la escena volvió a cambiar, y ahora se encontraba frente a la quinta colina, que se manifestaba como una arboleda. La luz se filtraba entre las hojas, creando un espectáculo de colores danzantes. Los sonidos dc la naturaleza llenaban el aire y podía oler la lluvia que estaba por venir. En el corazón del bosque, encontré un árbol inmenso, cuyas raíces se entrelazaban como serpientes.

Al acercarme, vi que el árbol tenía hojas doradas que brillaban intensamente, y entre las raíces, una sombra parecía atrapada, tratando de emerger.

Al salir del bosque, una nueva escena se desplegó ante mí, y ahora me encontraba en una montaña nevada. El aire era fresco y puro, y al mirar hacia abajo, vi la inmensidad del mundo debajo de mí. Cada paso que daba era un reto para no caer.

Al llegar a la cima de la colina, la escena cambió una vez más, y ahora estaba de vuelta en Lisboa, en un punto elevado donde las siete colinas se dibujaban a la suave luz del atardecer. Los recuerdos de las colinas todavía resonaban en mi mente y corazón.

Miré a mi alrededor y vi a personas caminando, cada una de ellas con espejos gigantes, que reflejaban imágenes completamente distorsionadas de lo que se suponía que debían reflejar.

Por alguna razón decidí caminar en dirección contraria a estas personas, hasta que llegué a un jardín, cuyas hojas de los árboles y plantas tenían un verde oscuro intenso.

Seguí caminando y, a cada paso, los árboles y las hojas parecían acercarse más y más a mí, en un intento por aprisionarme, comencé a tener una breve sensación de desesperación.

Cuando, continuando mi camino, los árboles y las hojas parecían que iban a aplastarme, salí a un campo abierto, con un árbol gigante y reluciente, cuya copa parecía extenderse por encima de las nubes y continuar a través del universo.

Tuve una visión del árbol casi como una copa, parecía estar dividido en diez partes, y la primera y más baja parte era un vibrante tapiz de vida.

Cada detalle era exacto y realista, desde el sonido de los pájaros en su rutina matutina hasta el susurro del viento acariciando las hojas de los árboles. Sentí la textura de la tierra bajo mis pies, el calor del sol en mi piel y el aroma de la tierra mojada, el aroma de la nueva vida. Era la encarnación de todo lo que existía, y por un momento, me perdí en la maravilla del mundo físico.

En la superficie, este era un reino de materia, pero a medida que miraba más de cerca, me di cuenta de que cada elemento era un reflejo de las energías más sutiles que lo sostenían. Al igual que la luz del sol se convierte en calor, la energía de este tapiz era una manifestación de las partes superiores del árbol, conectando cada uno de sus extremos.

Una higuera se abrió ante mí, y a su alrededor, pude ver el ciclo de la vida y la muerte en acción. La belleza efímera de la vida era un recordatorio constante de que cada momento es precioso y que la muerte es solo una transformación. La flor era un símbolo, un recordatorio de que lo que se manifiesta también debe disolverse. Así como el día se convierte en noche y la vida se convierte en muerte, cada uno de nosotros debe aprender a aceptar la impermanencia.

Al salir de la flor, la luz comenzó a intensificarse y fui proyectado a otra habitación. Aquí, el aire era más etéreo y las formas se volvían fluidas, casi como si estuviera dentro de un gran río. La atmósfera estaba impregnada de imágenes, símbolos y emociones, cada una de las cuales era una expresión de la realidad subyacente.

Parecía que cada pensamiento que tenía, cada emoción que sentía, daba forma al espacio que me rodeaba. Era como si la realidad estuviera siendo constantemente creada y recreada a través de mis percepciones.

Apareció una serie de espejos, similares a los caminantes que había visto antes, cada uno reflejando diferentes versiones de una persona, en diferentes momentos y circunstancias. Vi al niño curioso, al adolescente rebelde, a un adulto melancólico. Cada reflexión sacaba a relucir emociones reprimidas y recuerdos olvidados.

Después de eso, una biblioteca colosal se materializó frente a mí, con estanterías que se extendían hasta el infinito. Libros antiguos y pergaminos susurraban secretos a mi paso, secretos en idiomas que no entendía, cada libro parecía prometer una revelación. Cuando abrí uno de ellos, encontré un relato de los antiguos sabios que discutían el significado de la vida, el amor y la muerte. Sus palabras resonaron profundamente en mí, y comprendí que la sabiduría se acumula con el tiempo, y se transmite de generación en generación.

Mientras caminaba, una luz verde y dorada comenzó a pulsar a mi alrededor, reemplazando la biblioteca. Una escena de guerra se desarrollaba ante mí, con guerreros enfrentándose a reflejos de sí mismos.

Un vasto campo de rosas se abrió ante mí, cada una más vibrante que la anterior. Las rosas rojas bailaban con la brisa, creando una sinfonía de tonos y aromas rojos. La habitación se transformó en una habitación completamente roja con una vibración intensa y poderosa, y el rojo latía como un corazón con furia.

Entonces apareció una habitación iluminada, al entrar en la habitación las paredes se volvieron más oscuras, pero no menos hermosas y adornadas; Las sombras bailaban con una luz suave, como si la oscuridad misma estuviera contando historias.
En el centro había un gran caldero burbujeante, donde se mezclaban y transformaban ideas, visiones y objetos.

Mientras miraba atentamente en el caldero, un vasto campo de estrellas y galaxias se desplegó ante mí, y me di cuenta de que cada estrella era una parte de la sombra, que en ese entorno, formaba una figura de mi cuerpo.

"Cada hombre y cada mujer son una estrella", recordé.

Capítulo 9
La Ciudad de las Siete Colinas
X. Clavis.

Cuando desperté, tuve la sensación de que había dormido durante dos días. Ni siquiera había abierto los ojos del todo, corrí a mi escritorio a buscar mi cuaderno y comenzar a escribir con el mayor detalle posible cada parte de este sueño que poco a poco me parecía más lejano y gris.

Los tonos apocalípticos de mi sueño y las sensaciones ambiguas que tuve incluso horas después de despertar me recordaron una antigua profecía, todavía bastante famosa en algunos círculos ocultistas.

Un enigmático conjunto de 112 lemas asociados con cada papa que gobernaría la Iglesia Católica, La Profecía de San Malaquías está llena de misterio y simbolismo. Con un origen que se remonta al siglo XII, cuando el santo irlandés Malaquías tuvo una visión mientras visitaba Roma, este texto se ha convertido en un punto de referencia para las discusiones sobre el futuro de la Iglesia y el fin de los tiempos. Desde su descubrimiento a finales del siglo XVI, la profecía ha sido objeto de diversas interpretaciones, especialmente en relación con el último Papa, una figura que, según las profecías, guiará a la Iglesia en tiempos de grandes tribulaciones.

La Profecía habría sido escrita en 1139, pero su notoriedad solo creció a partir de 1590, cuando fue publicada por cardenales que la encontraron en un manuscrito antiguo. El cardenal Federico Borromeo fue uno de los primeros en llamar la atención sobre el texto, que pronto se difundió entre los intelectuales de la época. Aunque se puso en duda la autenticidad de la profecía, su contenido resonó con la inquietud de una Iglesia en crisis, especialmente en los períodos de guerras y conflictos religiosos que marcaron los siglos siguientes.

Las frases que componen la profecía son descripciones crípticas de cada papa, a menudo con una sutil conexión con sus vidas y papados. El lenguaje simbólico y los rasgos poéticos hacen que las interpretaciones sean subjetivas, lo que permite a diversos estudiosos y creyentes establecer conexiones y rastros de significado, dependiendo del contexto histórico y cultural en el que se encuentren.

Cada uno de los 112 lemas se refiere a un papa, y las descripciones van desde referencias directas hasta simbolismos más vagos. Por ejemplo:

Papa Pío IX: su lema "Crux de Cruce" (Cruz de la Cruz) se refiere a su férrea defensa de la doctrina católica en tiempos de secularización.

Papa León XIII: "De Laboribus Solis" (Sobre la obra del sol) podría vincularse a su época de liderazgo durante la Revolución Industrial y sus encíclicas sobre la justicia social.

Los lemas evocan imágenes que pueden parecer proféticas o irónicas, lo que lleva a la creación de narrativas que reflejan la lucha de la Iglesia en diferentes épocas. Cada lema, aunque aparentemente independiente, encaja en un rompecabezas más grande, que refleja la continuidad de la historia de la Iglesia a través de las dificultades.

La figura más intrigante de la Profecía es el último Papa, a quien se hace referencia como "Petrus Romanus". El lema asociado a ella es especialmente impactante:

"Durante la última persecución de la Santa Iglesia, Petrus Romanus pastoreará su rebaño en medio de muchas tribulaciones; después de eso, la Ciudad de las Siete Colinas será destruida y el Juez Terrible juzgará a su gente".

Este lema resuena oscuramente, evocando imágenes de apocalipsis y destrucción. La frase "Ciudad de las Siete Colinas" se refiere directamente a Roma, el corazón de la Iglesia Católica y el centro de la cristiandad durante siglos. La perspectiva de que la ciudad pueda ser destruida plantea preguntas sobre la permanencia de la Iglesia y la posibilidad de un colapso espiritual.

La figura de Petrus Romanus está llena de simbolismo. El nombre "Petrus", que significa "piedra" en latín, hace referencia al apóstol Pedro, considerado el primer papa, y simboliza la fundación de la Iglesia. La adición de "Romanus" sugiere una continuidad histórica, al mismo tiempo que implica una ruptura con la tradición.

Lo que hace que esta profecía sea aún más fascinante es el momento de la profecía. La "última persecución" es un concepto que puede ser interpretado de muchas maneras: como un período de creciente hostilidad hacia la fe cristiana, como persecuciones religiosas a lo largo de la historia, o incluso como un tiempo de conflicto interno dentro de la Iglesia. La combinación de todos estos elementos hace que la figura de Petrus Romanus no solo sea un líder, sino un símbolo de resistencia en tiempos de adversidad.

Roma, con sus siete colinas —Aventino, Palatino, Capitolino, Quirinal, Viminal, Esquilino y Celio— no es solo un lugar físico, sino un espacio cargado de historia y símbolos ocultos. La ciudad es un microcosmos de la historia de la humanidad, llena de ruinas que hablan de glorias pasadas y sombras que recuerdan las caídas del poder. Cada colina tiene sus propias historias y mitos, que reflejan el deseo de trascendencia de la humanidad, pero también la inevitabilidad de la decadencia.

Durante la Profecía de San Malaquías, Roma era un lugar de gran transformación, marcado por batallas de ideales y creencias. Los cristianos se enfrentaron a la persecución bajo varios emperadores, y las narraciones de mártires y santos comenzaron a entrelazarse con la propia historia de la ciudad. Esta lucha por la supervivencia de la fe en medio de un ambiente hostil resuena en las palabras de Malaquías y resuena hasta el día de hoy.

La mención del "Juez Terrible" en el lema de Petrus Romanus intensifica el carácter apocalíptico de la profecía. Esta figura se puede asociar a diversas tradiciones, desde el juicio final descrito en el Libro del Apocalipsis hasta las concepciones de retribución y justicia en diferentes religiones y mitologías. El Juez no es solo un símbolo de miedo, sino también de esperanza para aquellos que permanecen fieles a su fe, representando la posibilidad de redención después de la tribulación.

En momentos de crisis, las figuras del Juez y de la salvación aparecen con mayor frecuencia en los discursos religiosos y en las narrativas colectivas. La dualidad entre el miedo y la esperanza impregna las reflexiones sobre el futuro de la Iglesia y el destino de la humanidad. Petrus Romanus, como último papa, se convierte en un intermediario entre la Tierra y el Cielo, llevando sobre sus hombros la responsabilidad de guiar a los fieles en tiempos oscuros.

Después de tantos simbolismos a mi alrededor sobre la ciudad de las siete líneas, por fin tenía que conocer esta ciudad que siempre ha despertado mi mirada y curiosidad.

La Ciudad Eterna, es un lugar donde el pasado y el presente bailan en una intrincada coreografía, donde las cicatrices de la historia se entrelazan con la vida cotidiana. Al cruzar sus fronteras, nos transportamos inmediatamente a un universo donde cada piedra y cada monumento murmura secretos de una época en la que gobernaban los emperadores y se adoraba a los dioses. El aire lleva el peso de los siglos, una mezcla de libertad y opresión, de luz y sombra, que impregna sus antiguas calles.

Llegué en una mañana tranquila, el sol bañaba las calles empedradas con una luz dorada, haciendo brillar los edificios históricos como centinelas del tiempo. El Foro Romano, con sus majestuosas ruinas, ha demostrado ser un testimonio de la grandeza de la civilización que floreció allí. Las columnas del Templo de Saturno se elevan desafiantes, mientras que el eco de los pasos de los antiguos romanos aún resuena en las piedras desgastadas. Cada rincón revela una nueva historia, cada sombra parece llevar el recuerdo de un imperio que se extendió por continentes.

Caminando por las estrechas calles de Trastevere, siento el pulso de la vida moderna en medio del telón de fondo de lo antiguo. Los acogedores cafés y las vibrantes plazas contrastan con las majestuosas iglesias barrocas, cuyas fachadas están adornadas con esculturas que parecen cobrar vida a la luz del sol poniente. Las voces de los lugareños se mezclan con las risas de los turistas, creando una sinfonía de sonidos que resuena en el aire, mientras que el aroma del café recién hecho y los panes horneados se entrelazan, creando una invitación irresistible a un descanso.

Sin embargo, la belleza de Roma está entremezclada con cierta melancolía. Mientras caminas por la Via della Conciliazione, la vista de la Basílica de San Pedro se presenta con su imponente cúpula, una obra maestra de Miguel Ángel. Pero detrás de su grandeza, hay un eco de conflictos y luchas de poder que han dado forma a la Iglesia y a la ciudad. Las columnas de Bernini que rodean la plaza son un abrazo de bienvenida, pero también un recordatorio de las vidas sacrificadas en nombre de la fe y la política.

A medida que avanza el día, el cielo comienza a teñirse de tonos rojizos y las luces de la ciudad comienzan a brillar como estrellas en una constelación terrestre. El Panteón, con su majestuosa cúpula, invita a la reflexión. Al entrar, el espacio es envolvente y solemne, con la luz que penetra a través del óculo iluminando el vacío sagrado. Aquí, la arquitectura se convierte en una metáfora de la búsqueda de lo divino, y la reverencia que siento es casi palpable. Es un lugar donde se encuentran los antiguos y los modernos, donde el tiempo parece desvanecerse.

El Coliseo, imponente y desgastado, se erige como un recordatorio de las sangrientas batallas y el espectáculo de la vida y la muerte. Mientras camino por sus gradas, me imagino los gritos de la multitud, la adrenalina de los gladiadores y la tensión que impregnaba cada combate. Su historia, llena de triunfos y tragedias, resuena en las paredes, haciéndome preguntarme sobre el precio del entretenimiento y la naturaleza de la humanidad.

Vi una ciudad que respira, que vive y que muere, constantemente reimaginada y reinventada. A medida que la noche se hace más profunda, los ruidos del día se disipan, dando paso a un silencio contemplativo. El Tíber, serpenteando por la ciudad, refleja las luces de los edificios, mientras que sus aguas murmuran secretos que solo los antiguos conocerían. Caminando por la orilla del río, me siento envuelto por una sensación de soledad, como si cada paso fuera un viaje en el tiempo.

Y cuando las estrellas comienzan a brillar en el cielo nocturno, me doy cuenta de que Roma es más que una ciudad; Es una sinfonía de historias, un tapiz de emociones y una oda a la condición humana. Es un lugar donde el arte y la arquitectura se convierten en un reflejo del alma, donde cada rincón revela no solo la belleza sino también la complejidad y la dualidad de la existencia. Así, Roma permanece, eternamente, como un enigma que fascina e intriga, una invitación a explorar las profundidades de nuestra propia historia y espiritualidad.

En Piazza Navona, la belleza está envuelta en un manto de nostalgia y misterio. La Fuente de los Cuatro Ríos se eleva majestuosa, pero al inspeccionarla más de cerca, me doy cuenta de que las aguas parecen susurrar antiguos secretos. Las figuras talladas, que representan los grandes ríos del mundo, me miran con expresiones que parecen capturar el dolor y la gloria de la humanidad. El Nilo, con su manto cubriendo su cabeza, oculta su rostro con desconfianza, mientras que el Danubio, con semblante melancólico, reflexiona sobre las corrientes del destino.

Los callejones que rodean la plaza son estrechos, casi claustrofóbicos, como si la ciudad tratara de guardar sus misterios. Los cafés y restaurantes, con sus mesas ocupadas por la conversación y las risas, crean un contraste entre la alegría y la oscura historia que impregna el lugar. Es aquí donde los sueños se entrelazan con las realidades, y no puedo evitar sentir una extraña presencia, como si las almas de los que me precedieron aún vagaran por estas piedras.

La Piazza del Popolo, con su forma ovalada, es un portal a un mundo más oscuro. El Obelisco Flaminio, que se encuentra solemnemente en el centro, es un testigo mudo de los tiempos de logros y dolor. A medida que me acerco, siento un escalofrío que me recorre la espalda. Las dos iglesias gemelas, con sus fachadas simétricas, parecen mirar con ojos críticos, como si guardaran los secretos de aquellos que se arrodillan en oración bajo sus techos.

Desde lo alto de la escalera de la Trinità dei Monti, la vista se despliega como un cuento oscuro. Los tejados de la ciudad se extienden en un mar de rojos y ocres, mientras que la luz del sol se desplaza para dejar espacio a la luz tenue. Aquí, la historia no es solo una sucesión de eventos, sino una espiral de emociones (tristeza, pérdida, esperanza) que se entrelazan como las raíces de un árbol antiguo.

Finalmente llegué al lugar de Roma que más quería conocer. De pie al borde del Tíber como un solemne vigilante, el Castillo de Sant'Angelo es un monumento que encapsula la dualidad de la historia de Roma: una fortaleza de poder y un laberinto de secretos. Construido inicialmente como el mausoleo del emperador Adriano, su robusta arquitectura en forma de cilindro parece absorber la luz solar, emitiendo un aura casi espectral a medida que el día se convierte en noche.

Cuando la luz del día se desvanece y la noche se asienta, el castillo se transforma en un lugar donde el pasado y el presente se entrelazan. Las sombras se alargan y los muros de piedra, que ya han sido testigos de intrigas, traiciones y redentores, parecen vibrar con las voces de las almas inquietas. Una brisa helada susurra entre las torres, trayendo consigo ecos de historias no contadas y secretos enterrados en las oscuras criptas que descienden al corazón de la fortaleza.

En la parte superior, la estatua del arcángel Miguel, espada en mano, vigila la ciudad como un centinela divino. Sin embargo, al mirarlo más de cerca, sus ojos parecen tener un peso de juicio. El aire pesado que envuelve el castillo está impregnado de una mezcla de reverencia y desesperación, como si los espíritus de quienes vivieron allí estuvieran siempre al acecho, listos para manifestarse en momentos de soledad.

Los oscuros y estrechos pasillos interiores son un laberinto de frías piedras que alguna vez resonaron con los pasos de papas, soldados y prisioneros. El eco de las cadenas que arrastraban a los condenados parece vibrar aún en las paredes. Cada puerta, cada arco, es un recordatorio de que esto no es solo un castillo, sino un lugar de transición, un espacio donde la vida se encuentra con la muerte, y donde la justicia a menudo se ve ensombrecida por la corrupción.

Los túneles subterráneos, que conectan el castillo con el Vaticano, hablan de una época de secretos susurrados y alianzas traicioneras. Los guardias que servían allí eran más que simples soldados; Eran guardianes de un conocimiento oculto, parte de un sistema que navegaba por las turbias aguas del poder y la traición. Se rumorea que algunos de estos túneles nunca fueron explorados por completo, permaneciendo como venas pulsantes de un cuerpo enigmático que continúa existiendo debajo de la ciudad.

A medida que avanzaba la noche, el castillo cobró vida con una energía casi palpable. El viento aúlla en las grietas de las paredes, como llamando a los espíritus que allí habitan. Los visitantes, armados con linternas y curiosidad, se mueven como sombras, casi invisibles bajo la luz de la luna que se refleja en las piedras húmedas. Las historias contadas por los guías, llenas de fantasmas y misterios, resuenan en la mente de los oyentes, mientras que la presencia del castillo impregna el aire.

Las personas que se aventuran en sus muros hablan de visiones, destellos de un pasado tumultuoso que atormenta sus conciencias. El castillo se convierte en un espejo de las ansiedades y lamentos de quienes se acercan a él. Lo que antes era una fortaleza de protección se convierte en un templo de reflexión, donde cada visitante se enfrenta a sus propias sombras.

El Castillo de Sant'Angelo, con su rico tapiz de historia y mito, es un testimonio de la dualidad de la condición humana. Su belleza está ensombrecida por un manto de melancolía, y la grandeza de sus muros es casi sofocante, un recordatorio constante de que el poder tiene un precio.

Mientras me alejo, las sombras bailan alrededor, envolviendo el castillo en un oscuro abrazo, como si protegieran sus secretos de un mundo que ya no entiende sus verdades. El Tíber fluye a su lado, sus aguas reflejan las estrellas pero también ocultan historias que nunca se han contado, mientras que el Castillo de Sant'Angelo sigue vigilando, un eterno guardián de los misterios de Roma.

La mañana siguiente comenzó con una luz pálida que se filtraba a través de las nubes, proyectando un resplandor etéreo sobre las cúpulas y columnas de la Basílica de San Pedro. Tan pronto como crucé las inmensas puertas, un aire de asombro me envolvió, como si el espacio mismo estuviera palpitando con la historia sagrada que habitaba sus paredes. La grandeza del lugar era a la vez deslumbrante y abrumadora; Las piedras frías, los mármoles pulidos, cada rincón lleno de simbolismo y cada fresco contando una historia que trascendió el tiempo. Mis pasos resonaron en el suelo, resonando como un susurro de incertidumbre que había traído de mi viaje.

El arte católico, tan glorificado en su inmensidad, despertó en mí una paradoja de sentimientos. Por un lado, me obsesionaba la historia de la Iglesia: las torturas, las inquisiciones, el silenciamiento del libre pensamiento. La sangre de los científicos y de las mentes brillantes, derramada en nombre de una fe que temía al conocimiento. Recordé a Galileo, a Giordano Bruno, a todas las almas que fueron quemadas por cuestionar el dogma, por buscar la verdad en un mundo que prefería vivir en la ignorancia. Con el corazón apesadumbrado, reflexioné sobre la pérdida de muchas vidas, el manto negro de la opresión que se había extendido durante siglos.

Pero mientras caminaba por los pasillos ornamentados, el brillo dorado de los frescos de Miguel Ángel en el techo comenzó a cautivarme. La Creación de Adán, imagen sublime que conecta lo divino y lo humano, se convirtió en una invitación, una llamada silenciosa a la contemplación. Era un esoterista perdido entre las sombras del pasado y la luminosidad del arte. Lo que vi, sin embargo, no fue solo la historia de una religión, sino la exaltación del espíritu humano en busca de la belleza, la verdad y el amor.

Y así, a medida que me adentraba en la Basílica, me di cuenta de que la guerra se había perdido; Ganaron los católicos. Fue una victoria amarga y extraña, un logro que había sellado un pacto entre lo sublime y lo profano. El arte, ahora el verdadero patrimonio de lo sagrado, floreció bajo el dominio de la Iglesia. Cada escultura, cada pintura, cada nota musical que reverberaba en las bóvedas resonaba con la grandeza del espíritu creativo, que, incluso bajo la égida de una institución tantas veces oscura, lograba brillar con una intensidad que no podía borrarse.

Los relieves meticulosamente tallados, la perfección geométrica del espacio, los matices de luz que bailaban en las paredes de mármol, todo esto hablaba de un amor por Dios y por el hombre, una conexión intrínseca que desafiaba las narrativas de la represión. Era un testimonio de lo que podía surgir de las cenizas del miedo: la belleza que brilla y eleva, incluso en medio de una lucha interminable contra la oscuridad.

De repente, se escuchó una suave melodía, que resonaba entre los arcos y las columnas, transportándome a un estado de ligera tristeza. Era música sacra, nacida de las voces de hombres y mujeres que se entregaban a Dios a través del arte. El canto resonó como un himno a la resiliencia, un recordatorio de que, a pesar de los horrores del pasado, la luz de la creatividad humana nunca se extinguió por completo. Me invadió un sentimiento de gratitud hacia aquellos que, incluso dentro de una estructura opresiva, lograron canalizar su espiritualidad en algo trascendental.

Esa mañana, mientras estaba de pie bajo la majestuosa cúpula de San Pedro, mis temores comenzaron a disiparse. El arte católico no era solo un reflejo de la religión, sino un puente que unía el pasado y el futuro, un testimonio de la lucha y la superación de la humanidad. Cada pincelada, cada nota, cada piedra era un acto de resistencia contra el olvido, una oda a la vida en su plenitud. Las sombras que una vez amenazaron con extinguir el resplandor del alma humana ahora solo servían para aumentar su esplendor.

En un silencio sepulcral, casi sintiendo mis labios sellados, me di cuenta de que mi ira contra la Iglesia, si bien era comprensible, necesitaba ser templada con un aprecio por las cosas más hermosas que podían surgir de su historia. La Basílica de San Pedro, en todo su esplendor y dolor, se ha convertido en un símbolo de la dualidad de la existencia. En su seno convivían la luz y la oscuridad, entrelazadas en una maraña de significados que desafiaban cualquier intento de simplificación.

Así, mientras contemplaba los detalles, las imágenes de santos y mártires que adornaban las paredes, la belleza de la arquitectura se desplegaba ante mí como una revelación. Yo, un buscador en medio de sueños y pesadillas, encontré allí una respuesta a mi propio viaje. En última instancia, no se trataba de quién había ganado o perdido, sino de cómo, en cada rastro de belleza, en cada eco del arte, había la posibilidad de la redención.

El sol iluminaba mi camino a través de una de las majestuosas vidrieras, como si el propio cielo celebrara esta nueva perspectiva. Cada paso, ahora, era un homenaje al arte que resiste, que habla incluso en medio del silencio, una oda a todas las almas que, a través del dolor, han encontrado la manera de expresar la eternidad.

Ganaron la guerra, todo lo que le quedaba a cualquier alma agraviada durante la Edad Media quedó para descansar bajo la bóveda del arte, la música sacra y la espectacular arquitectura llena de miedos y sumisión que la religión aún infligía a algunos.

Crucé Roma a pie hasta la Galería Borghese, que me pareció tranquila y espléndida, escondida en medio de los exuberantes Jardines Borghese; donde surgió como un santuario de arte que encanta y asusta. Un palacio renacentista, con su fachada de mármol blanco, se erige como una fortaleza de belleza en un mundo a menudo dominado por la superficialidad. Tan pronto como cruzas las puertas de hierro forjado, te transportas a un reino donde la estética y la emoción se entrelazan, y cada obra parece murmurar secretos.

La arquitectura de la galería, diseñada por Carlo Maderno a principios del siglo XVII, es un esplendor que refleja la grandeza de la época que la concibió. Las salas se despliegan como capítulos de un libro, cada uno de los cuales lleva a los visitantes a una nueva historia. Los techos están adornados con exuberantes frescos, que representan dioses, héroes y figuras mitológicas, capturando un mundo donde lo divino y lo humano se entrelazan de maneras complejas. La luz que entra por los grandes ventanales transforma las estancias en santuarios de contemplación, donde la belleza es casi palpable.

Al caminar por las salas, inmediatamente se ve envuelto por la presencia de obras maestras de artistas de renombre. La Galería Borghese alberga una de las colecciones más importantes de Italia, con piezas de Caravaggio, Rafael,

Bernini y muchos otros. Cada obra, aunque rica en belleza, lleva una carga emocional y una sombra de melancolía.

Caminando entre las obras de los grandes maestros, sentí que mi corazón latía y una ligera nubosidad en mi visión. Había visto, en el corazón de la Galería, entre la opulencia del mármol y la delicadeza de los colores, la famosa (a falta de mejores palabras para describirla) escultura "El rapto de Proserpina", creada por el maestro barroco Gian Lorenzo Bernini. Esta obra maestra es un testimonio del poder del arte para capturar no solo la belleza sino también la complejidad de las emociones humanas, al tiempo que evoca una sensación de oscuridad que recorre su narrativa mitológica.

La escultura captura un momento dramático y decisivo de la mitología romana, donde Hades, el dios del inframundo, secuestra a Proserpina, la diosa de la primavera. El instante se congela en una dinámica intensa, donde la tensión es perceptible. Proserpina, inmortalizada en mármol, está representada en un gesto de resistencia y horror, mientras que el Hades, o Plutón para los romanos, fuerte y decidido, la levanta en sus brazos, como si la naturaleza estuviera a punto de verse obligada a rendirse a la oscuridad.

Los ojos de Proserpina, muy abiertos en una mezcla de sorpresa y terror, reflejan una profunda tristeza. Sus manos se retuercen para sostenerse, como si quisiera agarrar algo que se ha ido, mientras su flor, el símbolo de la primavera, se le escapa de los dedos. Esta flor, símbolo de vida y esperanza, se deja atrás, sugiriendo la brutal transición de una existencia luminosa a la oscuridad del inframundo.

Bernini, con su maestría en la manipulación del mármol, capta no sólo la forma sino la esencia de la lucha interna de Proserpina. La luz que incide sobre la escultura pone de manifiesto el contraste entre el ser y el no ser, el mundo de la vida y el reino de la muerte. El resplandor danzante de las superficies pulidas revela la belleza, pero también resalta la fragilidad de la condición humana.

Los pliegues del vestido de Proserpina están meticulosamente tallados, como si la tela estuviera a punto de desvanecerse en humo. La forma en que el tejido se adhiere a su cuerpo es casi visceral, evocando una sensación de vulnerabilidad. La textura del mármol, a la vez suave y rígida, refleja la dualidad de su condición: la belleza de una diosa que es arrastrada trágicamente a la oscuridad.

Plutón, a su vez, es representado como una figura poderosa y musculosa, imperturbable en su deseo. Sus ojos, aunque dotados de una expresión intensa, parecen insensibles al sufrimiento de Proserpina. La fuerza de su presencia es opresiva, una manifestación del destino inevitable que nos espera a todos. Se convierte en un símbolo no solo del deseo, sino también de la posesión, de la consumación de la vida en una oscuridad que no se puede revertir.

La escultura en sí es una narrativa visual, donde las sombras juegan un papel vital. Las áreas sombreadas, creadas por los ángulos y la profundidad de la obra, parecen palpitar con vida propia. Forman un manto de misterio que envuelve la escena, como si la narración misma se insertara en una trama más amplia de tragedias y destinos inevitables.

"El rapto de Proserpina" no es solo una historia de amor y pérdida; Es un reflejo de las experiencias humanas más profundas: la lucha contra el destino, la búsqueda de la libertad y la inevitabilidad de la muerte. En la mitología romana, el rapto de Proserpina simboliza las estaciones: su descenso al inframundo representa el otoño y el invierno, mientras que su regreso a la superficie marca la primavera. Este ciclo, que se repite eternamente, nos recuerda la fragilidad de la vida y la inevitabilidad de la muerte.

Los murmullos de la galería alrededor de la escultura, con los visitantes admirando la obra, crean una cacofonía de voces que se entrelazan con la historia de Proserpina, o Perséfone.

Sus expresiones de asombro y maravilla resuenan con el dolor y la belleza encapsulados en la piedra. La propia galería parece respirar al unísono, envuelta en un manto de reverencia por el pasado, un espacio donde el arte está eternamente vivo, pero también eternamente atrapado en un ciclo de luces y sombras.

La experiencia de observar El rapto de Proserpina fue una invitación a la reflexión. La escultura es un espejo que refleja no solo la historia de una diosa, sino también nuestra propia condición humana. Cuando nos enfrentamos al dolor y la pérdida, nos enfrentamos a la pregunta inevitable: ¿cómo lidiamos con la sombra que nos persigue?

Cuando los ojos se fijan en la expresión de Proserpina, hay un momento de identificación.

La fragilidad, el dolor y la belleza de su lucha se convierten en un eco de nuestras propias batallas, de las inevitabilidades que nos rodean.

En medio del esplendor de la Galería Borghese, la sombra de la historia y la emoción se entrelazan, creando un espacio de oscura belleza que perdura mucho más allá del tiempo.

Por lo tanto, la obra permanece no solo como una obra de arte, sino como un poderoso símbolo de las verdades universales de la vida, un recordatorio de que incluso en las luchas más intensas, se puede encontrar la belleza, incluso si está envuelta en sombras.

Al salir de la galería, introspectivo sobre el efecto que el arte de Bernini estaba teniendo en mí, vi que los caminos sinuosos estaban rodeados de estatuas clásicas y fuentes que susurraban los lamentos de la antigüedad en los jardines.

Los altos árboles formaban un dosel que filtraba la luz del sol, creando un juego de luces y sombras en el suelo, evocando un entorno casi onírico.

La tranquilidad del jardín se volvió rápidamente inquietante.

El murmullo del agua parece murmurar antiguos secretos, y las sombras que bailan sobre las hojas parecen figuras fugaces, como si las almas de los antiguos habitantes de la galería estuvieran siempre al acecho, observando el paso del tiempo.

En ese momento me di cuenta de que estaba en las tierras de mis ancestros y, quizás influenciado por el arte de Bernini, decidí seguir la ruta de mis abuelos y bisabuelos inmigrantes de ese país, hasta la ciudad que pensé que era su hogar.

Quería conectarme con este aspecto de las profundidades de mi alma y mi ascendencia.

Capítulo 10
Raíces
XI. Clavis.

Tomé el tren hacia el norte y lamenté mucho no haber pasado por Florencia.

Cremona, una antigua ciudad a orillas del río Po en la región de Lombardía, es un lugar donde el tiempo parece seguir su propio ritmo, como el latido lento de una sonata olvidada. Al caminar por sus estrechas calles empedradas, hay una sensación casi palpable de historia impregnada en las fachadas de los edificios. La suave luz de la tarde da a los edificios renacentistas un tono ámbar, mientras que las sombras largas y sinuosas se extienden por los callejones, evocando una atmósfera de misterio y nostalgia.

En el centro de la ciudad, se alza el imponente Torrazzo, una torre del reloj que domina el horizonte. Con casi 112 metros de altura, es una de las torres medievales más altas de Europa, y su presencia es tanto un hito como un vigilante silencioso que observa el paso de los siglos. La campana resuena con una profundidad que parece resonar en el alma de quienes la escuchan, trayendo a la mente recuerdos de tiempos pasados, cuando las sombras del poder de la Iglesia y de los gremios medievales aún se cernían sobre la ciudad.

Junto al Torrazzo, la Catedral de Cremona es una joya de la arquitectura románico-gótica. Sus paredes, decoradas con frescos antiguos, parecen cargar con el peso de siglos de oraciones y misterios. Entrar en su interior es como entrar en otro mundo, donde la luz que se filtra a través de las vidrieras de colores transforma el ambiente en una penumbra mística. Hay una quietud allí, una sensación de que el tiempo se ha suspendido. Los ojos de las estatuas de los santos parecen seguir a los visitantes, y el olor del incienso y la cera derretida crea una atmósfera pesada y contemplativa. Es el tipo de lugar donde los secretos pueden acechar en las sombras y donde lo divino y lo profano parecen encontrarse en una danza silenciosa.

Cremona, sin embargo, no solo es famosa por su arquitectura. La ciudad lleva una historia musical única, impregnada por la mística de la construcción de violines. En los siglos XVI y XVII, maestros luthiers como Antonio Stradivari, Guarneri y Amati dieron forma al destino de la ciudad, creando instrumentos que resuenan hasta nuestros días. Los talleres de luthier todavía existen en Cremona, y al pasar por las calles, se puede escuchar el suave sonido de las cuerdas afinadas, mezclado con el susurro del viento en los árboles.

Sin embargo, hay algo casi inquietante en este legado. Cada violín construido allí lleva un alma en su interior, dicen los más supersticiosos. Se rumorea que los instrumentos de Stradivari fueron hechos con madera de árboles caídos en los bosques que rodean lagos profundos y oscuros en las noches de tormenta. Algunos creen que tocar uno de estos violines es evocar los fantasmas de compositores y músicos que vivieron y murieron en la búsqueda de la perfección sonora. El Museo del Violín, que alberga los instrumentos más preciados de la ciudad, tiene un aire reverente y casi religioso. Al entrar en sus habitaciones, la sensación de estar rodeado de fragmentos de algo más grande que la vida es ineludible.

Pero Cremona es también una ciudad de contrastes. Debajo de la tranquilidad de la vida moderna, se esconde una melancolía, como una nota desafinada en una composición perfecta. A medida que cae el atardecer sobre la ciudad, las luces de la calle crean una sensación de aislamiento, como si el lugar en sí mismo guardara profundos secretos, inalcanzables para aquellos que simplemente pasan por allí. En una ciudad donde se venera la armonía, la disonancia de vidas pasadas y eventos ocultos parece acechar en cada esquina.

A orillas del río Po, el paisaje está igualmente lleno de belleza sombría. El río, ancho y sereno, lleva consigo no solo el agua que ha fluido durante milenios, sino también historias de desastres, inundaciones y naufragios. Se dice que, en ciertas noches, es posible escuchar los susurros de los que se han ahogado, como si el río contuviera las voces de los olvidados. La niebla que se eleva desde el Po al amanecer o al atardecer le da a la ciudad un aura espectral, como suspendida entre dos mundos, el de los vivos y el de los muertos.

Y luego están los pequeños detalles: las plazas tranquilas donde el viento susurra entre las columnas, los viejos cafés donde las mesas de mármol parecen haber escuchado conversaciones de generaciones pasadas, las calles que se curvan de maneras inesperadas, llevando al visitante a perderse en sus propios pensamientos. Cremona, a pesar de su fama musical y su rica historia, es una ciudad que guarda sus secretos celosamente guardados, como una sinfonía inacabada, a la espera de ser revelada a cualquiera que tenga la paciencia y la sensibilidad para escuchar sus notas más sutiles.

La región, especialmente las orillas del río, fue escenario de una interesante batalla del Imperio Romano, alrededor del año 271 d.C., que fue uno de los acontecimientos más decisivos y violentos de la crisis del siglo III del Imperio Romano, una época marcada por las invasiones bárbaras, los usurpadores internos y la fragmentación de las fronteras imperiales. Este enfrentamiento, entre el emperador Aureliano y los alamanes, se convirtió en una batalla legendaria, un enfrentamiento entre el disciplinado orden de Roma y la furia indomable de las tribus germánicas. El escenario era la fértil llanura del valle del Po, donde el río fluía ancho y sinuoso, una de las vías fluviales más majestuosas de Italia.

El amanecer que precedió al combate estuvo envuelto en una niebla espesa y húmeda, que colgaba como una cortina fantasmal sobre el campo. La niebla parecía engullir todo a su alrededor, distorsionando la vista y el sonido, como si el suelo mismo se estuviera preparando para la violencia que pronto lo mancharía de sangre.

El río Po, con sus aguas tranquilas y profundas, serpenteaba entre las llanuras como una fuerza silenciosa e indiferente a la carnicería que estaba a punto de ocurrir. En sus orillas, el verde de los campos parecía vibrar con una calma traicionera, un terrible contraste con el destino que aguardaba a los guerreros de ambos bandos.

Las legiones romanas, dirigidas por el despiadado Aureliano, se organizaron con precisión militar a lo largo de la orilla del río. Sus armaduras brillaban a la luz gris de la mañana, y el sonido del metal, mezclado con los gritos de los oficiales que preparaban a sus tropas, reverberaba como música de guerra. La muralla de escudos romanos, reforzada por lanzas, parecía insuperable, una máquina de guerra diseñada para aplastar cualquier oposición. La disciplina, el rígido entrenamiento y la frialdad táctica de los romanos fueron sus mejores armas, forjadas en siglos de conquistas y conflictos.

En el horizonte, una horda de guerreros bárbaros comenzó a acercarse, y el sonido de tambores rudos y gritos tribales anunció su llegada. Los alamanes, con sus cuerpos robustos, pieles de animales y armaduras dentadas de cuero y hierro, representaban el salvajismo encarnado. Eran hombres formidables, nacidos y criados en tierras hostiles donde la supervivencia dependía de la brutalidad y el combate constante. Sus cortas espadas y hachas colgaban de cinturones mal ajustados, pero sus ojos brillaban con feroz confianza. Entre ellos, circulaban rumores de que habían sido guiados hasta allí por presagios, señales de que los dioses estaban de su lado.

Cuando los dos ejércitos se enfrentaron por primera vez, el campo de batalla se llenó de un silencio inquietante, interrumpido solo por el viento que soplaba a través de las filas. La distancia entre las fuerzas era corta, y el río Po estaba lo suficientemente cerca como para que ambos lados pudieran ver su corriente lenta y constante. Era como si el río mismo estuviera al acecho, esperando tragarse a los que caían en la batalla.

Entonces, como un trueno que rompe el silencio antes de la tormenta, el emperador Aureliano dio la orden de avanzar. Las legiones romanas marchaban con una precisión inexorable, sus escudos chocaban entre sí, creando un muro de acero que parecía irrompible. Los alamanes, por el contrario, se precipitaron hacia adelante con furia incontrolada, precipitándose hacia los romanos como un enjambre de lobos hambrientos. El choque inicial entre las dos fuerzas fue brutal: el sonido de las espadas cortando la carne, el crujido de los escudos y las armaduras al romperse, y los gritos de los hombres heridos y moribundos llenaban el aire.

La batalla se convirtió rápidamente en una masacre. La fuerza y el ímpetu de los alamanes eran poderosos, pero su desorganización los hizo vulnerables a la minuciosidad romana. Los legionarios mantuvieron su formación, empujando sus escudos hacia adelante y clavando sus lanzas con precisión letal, mientras los bárbaros intentaban romper la línea con una mezcla de desesperación y rabia. El suelo pronto se volvió resbaladizo con sangre, y el olor metálico de la muerte llenó el campo de batalla, mezclado con el olor a sudor y barro.

Aureliano, que observaba la carnicería desde una pequeña elevación, estaba tranquilo. Sabía que la clave de la victoria era la paciencia, y cuando se dio cuenta de que los alamanes empezaban a dudar, ordenó un ataque devastador a su caballería. Los caballeros romanos, armados con espadas curvas y escudos circulares, descendieron sobre los flancos enemigos como una tormenta de acero y muerte. La caballería hizo un trabajo rápido y eficiente, derribando a los guerreros germánicos con facilidad y sin piedad. Los alamanes, al darse cuenta de que estaban siendo rodeados, comenzaron a retirarse desordenadamente hacia el río.

El río Po, que hasta entonces había sido una presencia silenciosa, se convirtió en un actor importante en el desarrollo de la tragedia. Desesperados, los guerreros germánicos intentaron cruzar el río, con la esperanza de escapar de la masacre. Pero la corriente, alimentada por las recientes lluvias en las montañas, era fuerte y traicionera. Muchos de los bárbaros, agobiados por sus armaduras y armas, fueron arrastrados por las aguas heladas. Sus manos levantadas para pedir ayuda pronto desaparecieron de la vista, y sus cuerpos se hundieron en las profundidades, arrastrados por la implacable corriente.

Los pocos que lograron cruzar el río con vida corrieron la misma suerte que sus compañeros: los arqueros romanos, estratégicamente colocados, dispararon flechas hacia los supervivientes, que cayeron sin vida en la orilla opuesta. La llanura junto al río estaba ahora cubierta de cadáveres, y el polvo fluía con un tono oscuro, como si hubiera absorbido el horror y la sangre de la batalla.

Cuando la batalla finalmente terminó, la noche comenzó a caer sobre el campo de batalla, trayendo consigo un silencio inquietante. El campo, antes verde y fértil, ahora estaba sembrado de cuerpos destrozados, armas abandonadas y el eco de los gritos que se habían apagado al ponerse el sol. El río Po, en calma como antes, parecía indiferente a la carnicería que había presenciado. A sus orillas comenzaron a llegar cuervos, atraídos por el olor de la muerte.

Aureliano había triunfado, y el Imperio Romano, por el momento, estaba seguro. Sin embargo, el precio de esa victoria quedaría marcado en las aguas del Po para siempre. El río, silencioso y eterno, seguiría su curso, llevando consigo los ecos de una batalla brutal, donde la vida y la muerte bailaban una al lado de la otra, bajo la mirada indiferente de los cielos.

Inspirado por esta atmósfera de batalla y caos, decidí ir a la comuna de Cremona y averiguar más sobre mi antiguo nombre y los orígenes de la familia de mi bisabuela, que hasta donde sabíamos, provenía de esa ciudad.

En una rápida búsqueda por computadora, el asistente me informó que los registros de nacimiento originales provenían de un pueblo cercano, Pomenengo, una pequeña comuna ubicada todavía en Lombardía.

Rodeada de vastos campos de trigo y maíz, sus suaves colinas se extienden bajo un cielo a menudo envuelto en nubes bajas y grises, como si el clima mismo conspirara para mantener el aura de misterio y aislamiento que rodea la región.

El camino que conduce a Pomenengo serpentea entre campos agrícolas y bosques de robles milenarios, casi como un corredor natural que prepara al viajero para la transición entre el presente y un pasado que, en muchos sentidos, aún se respira en esas tierras. A medida que te acercas a la ciudad, la primera vista que domina el paisaje es el campanario de una iglesia medieval, que se eleva sobre los tejados de terracota descoloridos, como un centinela solitario.

El núcleo urbano de Pomenengo era modesto, pero lleno de detalles que revelan sus profundas raíces en la historia de Lombardía. Calles estrechas, empedradas con piedras dentadas y desgastadas por el tiempo, conducen a los visitantes a través de un laberinto de callejones donde el silencio solo se rompe con el sonido ocasional de las campanas de la iglesia o el canto lejano de un pájaro. Las casas, construidas en el estilo tradicional lombardo, tienen fachadas de piedra y ladrillo rojizo, a menudo cubiertas de enredaderas que parecen devorar las paredes con su presencia verde.

En el corazón del pueblo, la iglesia de San Bartolomé es una presencia imponente y sombría. Erigido en el siglo XIII, sus toscos muros de piedra y sus estrechas ventanas góticas crean una sensación de austeridad.

El interior, tenuemente iluminado por una luz que se filtra a través de las vidrieras, está decorado con frescos antiguos, muchos de los cuales están descoloridos por el tiempo y la humedad, lo que da a las figuras religiosas un aspecto casi espectral. El aire dentro de la iglesia es denso y húmedo, llevando consigo el olor del incienso envejecido y la piedra fría, como si siglos de oración y lamentación aún flotaran en el espacio.

En los márgenes del pueblo, las ruinas de una fortaleza medieval resisten, parcialmente tragadas por la vegetación que las rodea. Se cree que la fortaleza fue construida en el siglo X, durante un período de conflictos e invasiones que marcaron a Lombardía. Sus gruesos muros, ahora desgastados y parcialmente derrumbados, aún insinúan la solidez y la fuerza que una vez protegieron a sus habitantes de los invasores bárbaros y las rivalidades entre los señores feudales. El lugar está envuelto en un aura de misterio y abandono, y muchos lugareños dicen que en las noches de invierno, cuando el viento aúlla entre las piedras milenarias, es posible escuchar los ecos de las batallas que tuvieron lugar allí, hace mucho tiempo.

El cementerio de Pomenengo, ubicado a las afueras del pueblo, es otro punto que contribuye a su ambiente sombrío. Allí, entre las lápidas cubiertas de musgo y las cruces de hierro oxidadas, el silencio es casi palpable, interrumpido solo por el susurro de las hojas de los altos árboles que rodean el lugar. Algunas de las tumbas son tan antiguas que los nombres grabados en las piedras se han perdido para siempre, transformados en símbolos ilegibles que solo la muerte y el olvido entienden.

Hay una sensación casi opresiva de fugacidad en ese lugar, como si la tierra misma fuera consciente del peso de los siglos.

Pomenengo, a pesar de su quietud y aparente sencillez, lleva en su interior las cicatrices de un pasado lleno de incertidumbres. Las sombras de las viejas murallas, el silencio en las calles y el murmullo constante del viento en las colinas circundantes parecen contar historias de tiempos en los que la vida era brutal y corta, y donde la línea entre lo sagrado y lo profano a menudo se difuminaba.

Al caer la noche, cuando el cielo se tiñe de un púrpura intenso y las luces amarillas de las farolas iluminan tenuemente las piedras antiguas, el pueblo adquirió una calidad casi espectral. Las sombras se extienden a través de las paredes de las casas y las calles desiertas parecen susurrar secretos olvidados, creando una inquietante sensación de que el pasado todavía acecha allí, esperando ser descubierto.

Pomenengo, con su belleza melancólica y su historia marcada por el silencio y el olvido, es un lugar donde el presente apenas toca la superficie de lo que alguna vez fue. Hay algo oscuro pero fascinante en sus calles vacías y sus edificios viejos, como si el tiempo mismo hubiera decidido, en un pacto con la tierra y el viento, mantener ese pedacito de Italia atrapado en un crepúsculo eterno, donde el pasado nunca muere, solo espera en las sombras.

Cuando vi el castillo que se alzaba imponente sobre la ciudad, una ola de emociones me cruzó, la suave brisa de Pomenengo me envolvió como un manto, trayendo consigo el aroma de la historia y la fragancia de los recuerdos olvidados. Las calles empedradas, con sus curvas sinuosas y el eco lejano de las risas, parecían contar historias de generaciones que, como sombras, se entrelazaban con mi propia existencia.

Sentí una conexión inexplicable, un lazo invisible que me unía a mis bisabuelos, o a sus padres y a los padres de sus padres, cuyas huellas habían caminado alguna vez por esas mismas calles. Las lágrimas brotaron de mis ojos, no por tristeza, sino por un profundo sentido de pertenencia. Cada gota parecía cargar con el peso de una historia ancestral, una herencia que había trascendido el tiempo. Fue un reconocimiento silencioso, una afirmación de que no era solo un visitante; Yo formaba parte de ese intrincado tapiz que es la vida.

A medida que las lágrimas fluían, me di cuenta de que no eran solo míos, sino de todas las personas de mi linaje. Habían vivido, amado y sufrido, y cada uno de ellos había dejado su huella en el mundo.

El castillo, testigo mudo de sus viajes, parecía vibrar con sus voces, haciéndose eco de los recuerdos de un pasado que, aunque lejano, aún latía en las venas de la ciudad, y en las mías. Los susurros del viento entre los viejos árboles parecían traer recuerdos de risas infantiles, celebraciones familiares y momentos de dolor, pero también de celebración.

La historia de ese pueblecito perdido en medio de Italia también era mía. La lucha y la resistencia de mis antepasados estaban inscritas en los muros de piedra, en las marcas del tiempo que contaban historias de supervivencia, miedo y amor. Casi podía ver a mi bisabuela, una valiente inmigrante a un país lejano y desconocido, joven y soñadora, con los ojos llenos de esperanzas y anhelos, soñando con el futuro que ahora representaba. Fue un regalo y una carga al mismo tiempo, un recordatorio de que la vida está hecha de elecciones y que, en cada paso que daba, también recorría el camino de cada uno que estaba en el pasado que veía y que no veía.

El castillo, envuelto en sombras y luz, parecía tener una dualidad, reflejando tanto la belleza como la tristeza de la existencia.

Las paredes eran testigos de luchas y dificultades libradas y de acuerdos silenciosos, así como de los sentimientos que ahora habitaban mi corazón. Allí, de pie ante su majestad, sentí la inmensidad del legado que se me dejaba, como si cada lágrima derramada fuera una ofrenda a los espíritus que me precedieron.

Ese momento de conexión trascendental no solo evocó nostalgia, sino también una comprensión más profunda de mi propio viaje. Fue un reconocimiento de que, aunque el tiempo avanza y la vida nos lleva en direcciones inesperadas, las raíces nunca se pierden. Se entrelazan, formando una red invisible que nos ata a un pasado que da forma a lo que somos.

Con los ojos llorosos, permanecí en silencio, escuchando las voces de mis antepasados. No había necesidad de palabras; Las lágrimas hablaron por sí solas. Eran lágrimas de gratitud, de amor y de añoranza, un homenaje al legado que, de alguna manera, siempre me acompañaría. Pomenengo no era solo una ciudad; Era un símbolo de lo que es eterno en nuestras vidas: la memoria, la herencia, el amor y la lucha que perdura a través de las generaciones.

El castillo, como un guardián de linaje atemporal, estaba frente a mí, y yo, un viajero de la línea del tiempo, dejé que la melancolía se fusionara con la esperanza, sabiendo que la historia que llevaba era en última instancia un fragmento de un todo mayor, donde cada lágrima se convertía en parte de la belleza oscura y profunda de la vida.

Decidí que debía pasar al menos una noche en la ciudad, y en el profundo silencio de esa noche, me vi arrastrado a otro sueño que comenzó como un susurro, pero rápidamente se convirtió en un dolor ensordecedor. La oscuridad se levantó y, como sumergido en un velo de niebla, me encontré en una casa que parecía extraña pero al mismo tiempo familiar. El olor de los libros viejos y la madera pulida llenaba mis fosas nasales, y el eco de voces lejanas reverberaba en las paredes.

Pasé por un pasillo estrecho, donde fotos en blanco y negro adornaban las paredes. Me acerqué a una imagen concreta: una mujer de pelo corto y oscuro y ojos penetrantes, que me miraba con una intensidad que me paralizaba. Antes de que pudiera procesar lo que eso significaba, una ola de memoria se apoderó de mí.

Yo no era el hijo de la mujer que me había criado. En un golpe de revelación, me di cuenta de que había sido adoptado.

La escena cambió de repente, y me encontré en una habitación iluminada, donde mis padres, con rostros cansados y preocupados, discutían en susurros. La tristeza estaba estampada en sus rostros, pero para mí había algo más profundo, un resentimiento casi palpable. Me trataban como una carga, como una responsabilidad que querían descartar. Se me hizo un nudo en la garganta al darme cuenta de que el poco cariño que había recibido podría haber sido solo un eco de la culpa que sentían por no ser mis verdaderos padres. Pero esto justificaba la mayoría de las malas acciones y comportamientos que ambos habían tenido conmigo en el pasado.

Los recuerdos de una infancia marcada por cismas y dolores comenzaron a entrelazarse con el devastador descubrimiento. Cada grito ahogado, cada mirada de reproche y cada palabra áspera que había oído de mis padres ahora tomaban forma y significado. ¿Cómo pude haber estado tan ciego? Mi corazón se apretó al recordar las noches en que me escondía bajo las sábanas, con la esperanza de que el silencio no fuera roto por una discusión, por un grito que me recordara que no pertenecía allí.

Le pregunté a mis padres quién era mi madre, y me respondieron: "Irina Petrovna". Me vino a la mente la imagen de ella, y era una imagen extraña y familiar, como el eco de un pasado que nunca había vivido, pero que aún resonaba dentro de mí. Mi deseo de encontrarla me angustiaba, como si ella fuera la respuesta a todas las preguntas que atormentaban mi alma. El sueño comenzó a desvanecerse y la sensación de alivio y tristeza comenzó a surgir.

Cuando finalmente desperté, la realidad me golpeó como una tormenta. El día estaba claro, pero la oscuridad del sueño aún se cernía sobre mí, como una sombra que no se disipa con la luz del sol. El peso de la revelación me abrumó, y no pude evitar dejar que las lágrimas corrieran por mi rostro. La idea de que yo no era realmente el hijo de la mujer que me había criado, para mi inconsciente, era la única manera de explicar la forma en que me había tratado cuando yo era un niño. El sueño, aunque sólo era un atisbo de la verdad, parecía más real de lo que me gustaría admitir.

Los ecos de la noche anterior reverberaron en mi mente: la frialdad de mis padres, la falta de afecto, las heridas emocionales que nunca sanaron. Era como si, al descubrir la identidad de "Irina Petrovna", esta creación de mi inconsciente, hubiera desenterrado también todas mis inseguridades. La esperanza que había sentido al imaginarla ahora no era más que un doloroso recordatorio de que no pertenecía a ninguna parte. Que no ha pertenecido a ningún lugar durante mucho tiempo.

A medida que la luz del día invadía la habitación, supe que necesitaba encontrar una manera de lidiar con este sentimiento. El dolor de una infancia marcada por el rechazo y la confusión de no saber quién era realmente se convirtió en una carga que ya no podía llevar más. Sabía que tenía que perdonar no solo a mis padres, sino también a mí misma. Perdonar, sobre todo, al niño que, sin saberlo, buscó amor donde no lo había.

Irina Petrovna podía ser un símbolo inconsciente de dolor y confusión, pero también representaba una oportunidad para renacer. El sueño me había abierto una puerta que no recordaba que existiera, y al cruzarla, me di cuenta de que el viaje de autodescubrimiento comenzaba ahora.

Con un profundo suspiro, me levanté de la cama y miré mi reflejo en el espejo. Yo era más que las sombras del pasado. Necesitaba superar la tristeza y aprender a perdonar los recuerdos que me mantenían prisionera.

El sueño podría haber sido solo una ilusión, pero las emociones que evocaba eran reales. Y con eso, daría el primer paso hacia la soberanía y la aceptación.

La expresión de mi rostro no solo era de tristeza, sino también de liberación. Era hora de dejar atrás lo que no me pertenecía.

Epílogo
Finis Gloriae Mundi
XII. Clavis.

Sentí que el peso de años de búsqueda finalmente convergía. Era como si todos los caminos que había recorrido —los viajes a través de ciudades antiguas, los posibles encuentros esotéricos y los desafíos ocultos— se estuvieran cerrando en un solo punto, una encrucijada que trascendía el tiempo y el espacio. Sin embargo, junto con esto, sintió el vacío de la incertidumbre del futuro.

Con cada paso que daba por Sintra, Sevilla, Bratislava y tantos otros lugares, me daba cuenta de que mis caminatas no eran solo físicas. Me movía entre mundos, un peregrino solitario, a la caza de verdades que muchos ya habían dejado de buscar, otros ni siquiera comienzan, otros ni siquiera las necesitan. Ahora, de vuelta en Portugal, el aire parecía denso, cargado de misterios olvidados hacía mucho tiempo, almacenados en cada ruina, en cada piedra. Misterios que ya no me importaban. Era como si la historia misma de la humanidad estuviera susurrando, esperando ser revelada, y ya no me importara lo que significaba.

El viento soplaba suavemente desde las colinas de Sintra, pero esta vez no sentí el mismo confort que me había acogido antes. La Quinta da Regaleira, que una vez había sido el portal a mis sueños y visiones más profundas, ahora se presentaba como una prisión de preguntas muertas. El tiempo había convertido ese lugar en algo casi inquietante. El Pozo de Iniciación, al que había descendido con tanto entusiasmo antes, me llamaba de regreso, una súplica silenciosa y profunda que no podía ignorar. Sabía que el descenso que una vez había hecho no había sido completo. Algo dentro de mí todavía pedía a gritos respuestas, un cierre. Esta vez, sabía que los escalones no solo me llevarían al fondo de la tierra, sino al fondo de mí mismo.

Mientras caminaba a través de las piedras gastadas del jardín, sentí que la Quinta ya estaba viva, ya no era un simple paisaje. Las sombras parecían más largas, como si el lugar mismo estuviera consciente de mi presencia y me estuviera observando. La vegetación circundante era densa y el aire estaba cargado de un perfume dulce, casi embriagador, como el olor de viejos recuerdos, de sueños olvidados.

Al acercarme al pozo, algo dentro de mí se estremeció. La oscuridad de abajo era tan atractiva como amenazante, y con un último aliento, comencé mi descenso. Cada paso me transportaba al comienzo de mi viaje, como si el tiempo estuviera replegado sobre sí mismo. Las piedras húmedas bajo mis pies eran frías pero familiares, como el tacto de algo que siempre había estado ahí, esperando ser redescubierto. Cada peldaño del árbol de la vida, que una vez habían sido conceptos esotéricos abstractos, ahora eran realidades tangibles que casi podía tocar, como un velo que se levanta lentamente.

Los recuerdos de la infancia se mezclaron a medida que descendía. Recordé la primera vez que sentí la llamada del ocultismo, una curiosidad incontrolable, como una llama que arde silenciosamente dentro de mí. Las voces de mis maestros, de las personas que conocí, amé y dejé, resonaron en mi mente mientras el susurro silencioso resonaba, ya no como una frase lejana, sino como una orden. "Visita el interior de la tierra, y rectificando, encontrarás la piedra escondida."

Al llegar al fondo, me di cuenta con dolorosa claridad de que el viaje nunca se trataba de los demás, nunca se trataba de las ciudades que visitaba o de los maestros que consultaba. Siempre ha sido sobre mí. Bajar al pozo era bajar hasta el fondo de mi alma, y allí, en ese silencio aplastante, empecé a comprender que lo que buscaba nunca se apagaba. La piedra escondida, el secreto de la alquimia, fue mi propia transformación.

2. La Ciudad de las Siete Colinas

De Sintra fui arrastrado en los recuerdos a Roma. Había algo inevitable en Roma. La ciudad siempre me había llamado, aunque nunca sentí realmente que pertenecía a ella. Roma era un enigma. Con sus plazas antiguas, sus calles estrechas y sus imponentes monumentos, la ciudad parecía viva, una entidad que se alimentaba de historias y pasta. Roma siempre ha sido, para mí, más que una ciudad; Era un símbolo, una clave para los misterios que siempre había tratado de desentrañar.

Caminé por esas plazas, sintiendo el peso de los siglos sobre mis hombros. Era como si cada piedra que pisaba llevara siglos de conocimientos ocultos, tragedias y triunfos que dieron forma a la historia de la humanidad. Recuerdo que al acercarme a la Basílica de San Pedro, sentí una mezcla de reverencia y resentimiento. La imponente cúpula atravesaba el cielo como un dedo que señalaba a lo divino, pero para mí, era más bien una marca de poder terrenal. La Iglesia, que durante tanto tiempo controló el flujo del conocimiento, que persiguió a los científicos, quemó a las brujas y persiguió a los que se atrevían a cuestionar sus dogmas, era ahora la guardiana del arte más sublime, de la historia más rica. "Ganaron", pensé con amargura.

Al visualizarme de nuevo disfrutando de la Piedad de Miguel Ángel, sentí una ola de emociones que casi me derriba entre los escalones del Pozo. La belleza de ese trabajo era casi insoportable, pero mezclado con él, estaba el dolor de saber qué había detrás de todo esto. La violencia que precedió a la creación, la opresión que sostuvo la estructura de ese dominio. La caza de brujas, la tortura de los sabios, los secretos enterrados bajo las piedras milenarias de Roma. Para muchos, el Vaticano es el hogar de la espiritualidad, pero para mí, era el símbolo de un conocimiento perdido, enterrado bajo milenios de control y poder.

Mirando la escultura, María sosteniendo el cuerpo sin vida de Cristo, me di cuenta de que la Iglesia misma, que reclamaba el monopolio del espíritu, también poseía el poder sobre la muerte.

"El que domina a la muerte, lo domina todo". Pensamiento.

Era solo una prueba más de que el poder sobre las almas siempre estaba en disputa, y en este juego, a menudo se sacrificaba el conocimiento oculto.

Desde Roma, me sentí atraído por Lucerna, donde me esperaba algo más oscuro. Cruzar el Puente de la Muerte era algo más que un simple acto físico, más aún lo que había ocurrido en Bilbao. Cada paso que daba bajo los grabados de la Muerte con su guadaña era un recordatorio de que mi propia vida estaba al borde de una transmutación. El río parecía murmurar antiguos secretos, promesas de algo más allá de la existencia material.

Cada panel triangular del puente era una representación simbólica de la vida que buscaba su fin, pero para mí, significaba las transiciones que había experimentado. La muerte, que antes había sido sólo un concepto lejano, ahora se acercaba a mí como una vieja amiga, una transmutación inevitable. Nunca le había temido a la muerte, pero ahora tomaba una forma nueva y más personal. Cruzar el puente en las dos ciudades había sido un rito de paso, un umbral que realmente necesitaba cruzar.

A medida que continuaba, la oscuridad a su alrededor comenzó a profundizarse.

Las figuras alrededor del Pozo ya no estaban inmóviles; Se movían en mi visión periférica, como si estuvieran vivos, bailando al borde de mi comprensión. Sentí que mi presencia allí no era una coincidencia, sino una inevitabilidad.

Y allí estaba yo, al pie de la escalera, como al principio de todo, pero definitivamente no era tan ignorante sobre los misterios del mundo, o los míos propios.

Y, mirando hacia arriba, vi la cima del pozo llena de la luz opaca del Sol de un hermoso día gris y, también, de esa niebla mística que solo Sintra puede tener; Sabía que era un hombre liberado.

Nascido en 1992, Michael Sousa es brasileño y vive en Lisboa desde hace algunos años; tiene una maestría en Comercio Internacional de la Escuela Europea de Negocios de Barcelona, **un MBA en Dirección Estratégica de la FEA-RP USP, un título en Ciencias de la Computación y un especialista en** Prospectiva Estratégica. Tiene una extensión en Estadística Aplicada y Gestión de Costos. Trabaja con Gestión de Proyectos, Análisis de Datos e Inteligencia de Mercado. Sin embargo, rindiendo a su interés por las teorías freudianas, también fue a estudiar Psicoanálisis en el Instituto Brasileño de Psicoanálisis Clínico, especializándose en el tema y en la práctica clínica. Cuando no dedica su tiempo libre a tratar de desarrollar su mal lado artístico, se encuentra estudiando el colapso político-económico de las naciones, textos psicoanalíticos o leyendo tomos vagos y curiosos de ciencias ancestrales.

www.ingramcontent.com/pod-product-compliance
Lightning Source LLC
LaVergne TN
LVHW011949070526
838202LV00054B/4856